Lettres d'amour et d'humeur

Cyrano de Bergerac

Lettres d'amour et d'humeur

Préface de Damien Panerai

Librio

Cyrano de Bergerac, un esprit libre

Avant d'aborder l'œuvre de Savinien Cyrano de Bergerac, il faut dissiper quelques mythes, et pour commencer, oublier ce « Grand Siècle », le XVIIe, que trois cents ans d'histoire littéraire ont patiemment édulcoré pour n'en garder que le classicisme, soit une littérature soumise à des règles strictes (bienséance, formes fixes) et une philosophie soumise aux dogmes religieux. Cyrano est tout le contraire, et la prodigieuse vivacité de son style n'a d'égale que l'audace de sa pensée.

La personnalité même de Cyrano est également l'objet de plusieurs mythes. Dès 1657, à l'occasion de la publication posthume des *États et Empires du Soleil*, son ami d'enfance Le Bret fait l'éloge de Cyrano : il évoque sa « belle humeur », les « beaux emportements de son imagination », la réputation tôt acquise d'être un « démon de la bravoure » dans les combats d'épée, mais aussi un « idolâtre » de « la liberté ». Le Bret, qui enjolive sans doute son ami défunt, est le premier à évoquer un combat héroïque près de la porte de Nesles où Cyrano se serait surpassé. Mais les rumeurs ne sont pas toutes aussi bienveillantes : un pamphlet anonyme raconte en vers comment Cyrano de Bergerac, raillé sur son grand nez alors qu'il passait sur le pont Neuf aurait répondu en sortant son épée, puis aurait maladroitement embroché un singe. Ces histoires raviront les romanciers de l'ère romantique, qui vont sortir Cyrano de l'oubli : Charles Nodier d'abord, dans un article de 1838, puis Théophile Gautier qui le range dans son anthologie des *Grotesques* en 1854, et enfin Edmond Rostand en 1897. La pièce de Rostand, au triomphe durable, donne de Cyrano une vision plutôt fantaisiste, mais elle en restitue bien le talent d'éloquence, ce dont les lettres fournissent une preuve éclatante. Cyrano est ainsi devenu un héros populaire, son œuvre intéresse les surréalistes (Éluard, Ribemont-Dessaignes, Aragon), puis les universitaires s'en emparent, et les légendes se succèdent : tour à tour martyr de l'athéisme, alchimiste initié, précurseur de Jules Verne, baroque, précieux, frondeur, libertin, autant d'étiquettes trop étroites pour définir cet esprit libre, qui échappe à toute tentative de classification.

Ce qu'on sait du vrai Cyrano

De sa vie réelle on sait peu de chose. Né en 1619, il n'a rien d'un noble gascon, mais tout d'un bourgeois parisien : il est fils d'un avocat au Parlement et petit-fils d'un marchand fortuné. Bergerac n'est pas un titre de noblesse, mais le nom d'une propriété achetée par son grand-père dans la vallée de Chevreuse. À vingt ans, il s'engage avec son ami Le Bret dans la Compagnie des Gardes de M. de Carbon, les Cadets de Gascogne, d'où la légende de Cyrano gascon, qu'il a sans doute lui-même entretenue. En 1639, lors du siège de Mouzon, il est une première fois blessé d'un coup de mousquet au travers du corps. L'année suivante, il participe au siège d'Arras et reçoit cette fois un coup d'épée dans la gorge. Il quitte alors la carrière militaire, se consacre à la littérature, fréquente les écrivains baroques et burlesques : Tristan L'Hermite, Scarron, Dassoucy. Son père meurt en 1648, Cyrano dilapide vite son héritage et vit dans la gêne. Il choisit, comme c'est alors l'usage, la protection des grands : la famille des Conti, et leur entourage de futurs frondeurs, puis le duc d'Arpajon, qui financera la publication de ses œuvres. Ayant contracté une « maladie secrète » (peut-être la syphilis), il reçoit une poutre sur la tête en 1654 et meurt le 28 juillet 1655 à Sannois, âgé seulement de trente-six ans.

La lecture de ses œuvres apporte un éclairage complémentaire. Esprit révolté, Cyrano a une aversion pour toute forme d'autorité : son père d'abord, la plupart de ses maîtres ensuite, qu'il attaquera ou ridiculisera dans ses écrits. D'une façon plus générale, il se défie de toute idée reçue, qu'elle vienne d'une tradition populaire, d'un dogme religieux ou même d'un penseur qu'il admire : Aristote et Socrate sont encore des autorités qu'il se donne le droit de contester. Incrédule plus qu'athée, très marqué par la pensée scientifique et philosophique de Gassendi, qu'il a peut-être rencontré, il en retire un irréductible rationalisme (« La raison seule est ma reine », dit-il dans la *Lettre contre les Sorciers*), mais aussi une grande disponibilité d'esprit. La curiosité de l'épicurien toujours en éveil, qui trouve dans la moindre sensation matière à échafauder de savantes rêveries, est patente dans de nombreuses lettres. Mais Cyrano n'est pas pour autant un acharné des plaisirs terrestres. Le Bret évoque sa modération dans le manger et le boire (notamment une grande méfiance envers le vin) et ajoute qu'il « accompagnait ces deux qualités d'une si grande retenue envers le beau sexe, qu'on peut dire qu'il n'est jamais sorti du respect que le nôtre lui doit ». Cette attitude chaste envers les femmes peut surprendre, mais Cyrano était vraisemblablement homosexuel. Dassoucy, lui-même homosexuel avéré et fantasque, rapporte dans ses mémoires, *Les Aventures de Monsieur Dassoucy*, que Cyrano, après « avoir eu de si longues preuves de la qualité de [s]es désirs et [l]'avoir bien daigné honorer plusieurs fois de sa couche », se serait vexé pour un chapon que Dassoucy n'aurait pas partagé. C'est la brouille : Dassoucy craint la colère de Cyrano, qui rédige la lettre *contre Soucidas* (Dassoucy en verlan). Bien après la mort de son ancien ami, Dassoucy le décrira comme un profiteur et un athée fanatique. Ajoutons, parmi d'autres indices qui vont dans le même sens, que l'une des lettres amoureuses de Cyrano, la douzième de ce recueil, quoique adressée à « Mademoiselle de Saint-Denis », dans la version manuscrite commence et finit par « Monsieur ». Par ailleurs, toute son œuvre est hantée par le thème de l'inversion.

Une œuvre éclatante

Cyrano écrivain a abordé les genres à la mode de son temps. La postérité lui a attribué plusieurs *Mazarinades*, mais on ne retrouve guère dans ces pamphlets rédigés contre le fameux cardinal au moment de la Fronde le style flamboyant de Cyrano. Sa première œuvre connue est une comédie, *Le Pédant joué*, où éclate son délire verbal. Molière y puisera quelques bonnes répliques. Il compose ensuite une tragédie de style noble sur un sujet antique, *La Mort d'Agrippine*, qui fait scandale : un personnage y déclare son mépris de la crainte divine. La pièce est aussitôt interdite. De l'œuvre de Cyrano, on retient surtout un roman extraordinaire, *L'Autre Monde*, partagé en deux parties : *Les États et Empires de la Lune* et *Les États et Empires du Soleil*, resté inachevé et publié après sa mort. L'auteur y défend des points de vue scientifiques alors controversés (rotondité de la Terre, héliocentrisme, infinitude de l'univers, atomisme et unité de la matière), spécule sur les possibilités de la science (comment échapper à la pesanteur, enregistrer des sons...), préfigure Pascal (thèse des deux infinis) et Voltaire (*Micromégas*), entre autres. Mais surtout, il invite son lecteur à remettre en question toutes ses croyances, à contempler d'un œil neuf le monde, où l'homme n'a qu'une importance relative. Contre les dogmes chrétiens, l'esprit de système, les vérités révélées, l'anthropocentrisme, il célèbre la puissance de la vie sous toutes ses formes – prises dans un flux continuel qu'il appelle « métempsycose » – et la beauté de l'univers tel que la science nouvelle le découvre. Ce faisant, il plaide pour une libération totale de la parole et de la pensée, aiguillées par la logique scientifique et par l'imagination.

La publication des lettres

On connaît une soixantaine de lettres de Cyrano écrites pour la plupart entre 1637 et 1653. En 1654, un an avant sa mort, quarante-sept d'entre elles sont publiées dans les *Œuvres diverses de M. de Cyrano Bergerac* (*sic*). Elles sont alors divisées en trois sections : « Lettres diverses », « Lettres amoureuses » et « Lettres satiriques ». Elles connaissent un succès d'estime, et sont même traduites en anglais en 1658. À cette occasion, le préfacier anglais écrira joliment : « elles sont piquantes, aiguisées, étincelantes comme les fragments d'un pilier de glace brisé quand le soleil luit sur eux. Qu'une pensée se présente d'elle-même et il la poursuit droit à travers tous ses tours et ses détours, jusqu'à ce qu'il se perde agréablement lui-même dans les méandres de sa propre fantaisie. [...] Le faux, l'affecté, le vrai, alternativement et dans une succession rapide, telle que rarement ils peuvent être séparés, prennent les sens emprisonnés et les enveloppent dans un Élysée. » En 1662 paraît une nouvelle publication des œuvres de Cyrano, avec dix nouvelles lettres. Deux siècles plus tard sera retrouvé à la Bibliothèque nationale un manuscrit de quarante et une lettres, dont deux inédites (notamment la *Lettre contre un Jésuite*). Il est impossible de savoir si ces lettres manuscrites sont bien de la main de Cyrano, mais certaines présentent des variantes notables, notamment lorsqu'il est question de religion. Nous avons donc parfois opté pour la version manuscrite, lorsque celle-ci nous paraissait mieux traduire la véritable intention de l'auteur que la version éditée, censurée peut-être par l'auteur lui-même. Le format de la présente collection ne permettant pas d'éditer l'ensemble des lettres, nous avons dû faire un choix, forcément subjectif, de celles qui nous paraissent les plus intéressantes. Par souci de clarté, nous les avons regroupées en trois sections : « Lettres poétiques », « Lettres amoureuses » et « Lettres polémiques ».

Une série de fictions

On écrivait beaucoup de lettres à cette époque où, faut-il le rappeler, il n'existait pas d'autre moyen de communiquer à distance. Lues dans les salons, commentées, recopiées, publiées parfois avec succès, les lettres circulaient entre représentants d'une même société. Il ne faut donc pas tellement s'attendre à trouver ici des confessions intimes et spontanées, mais plutôt les parures finement ouvragées d'un masque social. Tout porte à croire en effet que la plupart de ces lettres sont fictives. Elles ne sont pas datées, le destinataire est souvent anonyme, quoique parfois identifiable, et les thèmes en sont généralement conventionnels.

Ainsi, les Lettres amoureuses sont finalement assez peu « personnalisées », l'image de la personne aimée se réduisant à quelques signes (les cheveux, les yeux et les mains). Il y est question certes de sentiments et de tourments éprouvés (avec l'image du feu, omniprésente chez lui), mais Cyrano manie l'humour, le sarcasme, l'équivoque. Les doubles sens abondent, et certains compliments peuvent se lire comme des reproches. Les procédés d'hyperbole et d'amplification tendent parfois à s'autodétruire, ridiculisant au passage l'affectation d'un langage trop fleuri : c'est le procédé du burlesque, alors fort à la mode. Toutefois, l'une de ces lettres amoureuses se distingue par sa sécheresse et son apparente sincérité : on n'y retrouve aucun des artifices habituels, et c'est la seule qui tutoie son ou sa destinataire (« Je ne te vois qu'à demi... »). Mais peut-être s'agit-il d'un exercice de style de plus ?

On a pu reprocher parfois à Cyrano d'être purement rhétorique, capable de dire tout et son contraire avec la même virtuosité, la même fougue. Et en effet, il se plaît dans la volte-face et les jeux d'oppositions. Par exemple, la *Lettre pour les Sorciers* ne prend son véritable sens qu'auprès de son antithèse, *Lettre contre les Sorciers* : l'auteur échafaude un décor fantastique, avec un luxe de détails empruntés à toutes les superstitions de l'époque, il emmène le lecteur au cœur de ce monde imaginaire pour mieux ensuite réfuter la fausse magie, dévoiler l'illusion et le ramener à la raison.

Cyrano joue volontiers avec les mythes, et brasse les mythologies gréco-romaine et chrétienne avec la même désinvolture. Par ailleurs, il s'intéresse aux archétypes et tend à épuiser les sujets qu'il traite : à travers une foule de notations précises, c'est l'essence de chaque saison qui est saisie, tout comme ses condamnations se font en bloc et sans appel. Il excelle d'ailleurs dans la méchanceté, trouvant les formules les plus incongrues pour ridiculiser ses adversaires. Mais même ses lettres les plus descriptives regorgent d'images surprenantes. La nature n'est jamais perçue par lui comme un tableau fixe, mais comme un mouvement perpétuel, mystérieux et déchaîné, en accord avec les visions cosmiques de *L'Autre Monde*. Ainsi, dans l'extraordinaire lettre *Sur l'ombre que faisaient des arbres dans l'eau*, le monde et ses reflets s'unissent dans une profusion d'images joyeuses et absurdes, pour aboutir à cette parade finale : « c'est un rien visible, un caméléon spirituel ; une nuit, que la nuit fait mourir ; un procès des yeux et de la raison ; une privation de clarté que la clarté met au jour. » Ainsi, il y a peut-être une jouissance à contempler ainsi les illusions que le monde envoie, mais il y a surtout une jouissance dans le langage, qui se le réapproprie en toute liberté et le réinvente à l'infini.

Damien PANERAI

LETTRES POÉTIQUES

Lettre I

Contre l'hiver

À Monsieur Le Bret, avocat au Conseil

Monsieur,

C'est à ce coup que l'Hiver a noué l'aiguillette à la terre ; il a rendu la matière impuissante, et l'esprit même, pour être incorporel, n'est pas en sûreté contre sa tyrannie ; mon âme a tellement reculé sur elle-même, qu'en quelque endroit aujourd'hui que je me touche, il s'en faut plus de quatre doigts que je n'atteigne où je suis. Je me tâte sans me sentir, et le fer aurait ouvert cent portes à ma vie, auparavant de frapper à celle de la douleur. Enfin nous voilà presque paralytiques, et cependant pour creuser sur nous une plaie dans une blessure, Dieu n'a créé qu'un baume à notre mal ; encore le médecin qui le porte ne saurait arriver chez nous qu'après avoir délogé de six maisons. Ce paresseux est le Soleil, vous voyez comme il marche à petites journées : il se met en chemin à huit heures, prend gîte à quatre. Je crois qu'à mon exemple, il trouve qu'il fait trop froid pour se lever si matin ; mais Dieu veuille que ce soit seulement la paresse qui le retienne, et non pas le dépit : car il me semble que depuis plusieurs mois il nous regarde de travers. Pour moi, je n'en puis deviner la cause, si ce n'est qu'ayant vu la terre endurcie par la gelée, il n'ose plus monter si haut de peur de blesser ses rayons en les précipitant. Ainsi, nous ne sommes pas prêts de nous venger des outrages que la saison nous fait ; il ne sert quasi rien au feu de s'échauffer contre elle, sa rage n'aboutit (après avoir bien pétillé) qu'à le contraindre à se dévorer soi-même plus vite. Nous avons beau prendre le bouclier, l'Hiver est une mort de six mois répandue sur tout un côté de cette boule, que nous ne saurions éviter ; c'est une courte vieillesse des choses animées ; c'est un être qui n'a point d'action, et qui cependant (tout braves que nous soyons) ne nous approche jamais sans nous faire trembler. Notre corps poreux, délicat, étendu, se ramasse, s'endurcit, et s'empresse à fermer ses avenues, à barricader un million d'invisibles portes, à les couvrir de petites montagnes ; il se meut, s'agite, se débat, et dit pour excuse en rougissant, que ces frémissements sont des sorties, qu'il fait à dessein de repousser l'ennemi qui gagne ses dehors. Enfin ce n'est pas merveille que nous subissions le destin de tous les vivants ; mais le barbare ne s'est pas contenté d'avoir ôté la langue à nos oiseaux, d'avoir déshabillé nos arbres, d'avoir coupé les cheveux à Cérès [1], et d'avoir mis notre grande Mère toute nue : afin que nous ne pussions nous sauver par eau dans un climat plus doux, il les a renfermées sous des murailles de diamant ; et de peur même que les rivières n'excitassent par leur mouvement quelque chaleur qui nous pût soulager, il les a clouées contre leur lit. Mais il fait encore bien pis : car pour nous effrayer par l'image même des prodiges qu'il invente à notre destruction, il nous fait prendre la glace pour une lumière endurcie, un jour pétrifié, un solide néant, ou quelque monstre épouvantable dont le corps n'est qu'un œil. La Seine au commencement, effrayée des larmes du Ciel, s'en troubla, et appréhendant une suite plus funeste à la fortune de ses habitants, elle s'est raidie contre le poids qui l'entraîne, s'est suspendue et s'est liée elle-même pour s'arrêter, afin d'être toujours présente aux besoins que nous pourrions avoir d'elle. Les hommes épouvantés à leur tour des prodiges de cette effroyable saison, en tirent des présages proportionnés à leur crainte ; s'il neige, ils s'imaginent que c'est peut-être au firmament le chemin de lait qui se dissout ; que cette perte fait de rage écumer le Ciel, et que la terre, tremblant pour ses enfants, en blanchit de frayeur. Ils se figurent encore que l'Univers est une tarte que

1. Cérès : déesse romaine de la moisson et de la fertilité.

l'Hiver, ce grand monstre, sucre pour l'avaler ; que peut-être la neige est l'écume des plantes qui meurent enragées, et que les vents qui soufflent tant de froid, sont les derniers soupirs de la Nature agonisante. Moi-même qui n'explique guère les choses qu'en ma faveur, et qui dans une autre saison me serais persuadé que la neige est le lait végétatif que les astres font téter aux plantes ou les miettes qui tombent après grâces de la table des Dieux, me laissant emporter au torrent de l'exemple, s'il grêle, je m'écrie : quels maux nous sont réservés, puisque le Ciel innocent est réduit à pisser la gravelle ! Si je veux définir ces vents glacés, tellement solides qu'ils renversent des tours, et tellement déliés qu'on ne les voit point, je ne saurais soupçonner ce que c'est, sinon une bruine de diables échappés, qui s'étant morfondus sous terre, courent ici pour s'échauffer. Tout ce qui me représente l'Hiver me fait peur : je ne saurais supporter un miroir à cause de sa glace ; je fuis les petits médecins, parce qu'on les nomme des médecins de neige, et je puis convaincre le froid de quantité de meurtres, sur ce que dans toutes les maisons de Paris on rencontre fort peu de gelée qu'on n'y trouve un malade auprès. En vérité, Monsieur, je ne pense pas que la Saint-Jean me guérisse entièrement des maux de Noël, quand je songe qu'il me faudra voir encore aux fenêtres de grandes vitres qui ne seront autre chose que des tapisseries de glaçons endurcis au feu. Oui, cet impitoyable m'a mis en si mauvaise humeur, que le hâle du mois d'août ne me purgera peut-être pas du flegme de janvier ; la moindre chaleur me fera dire que l'Hiver est le frisson de la Nature, et que l'Été en est la fièvre : car jugez si je me plains à tort, et si les morfondus, malgré l'humeur libérale de cette saison qui leur donne autant de perles que de roupies, ne me prendront pas pour un Hercule, qui poursuit ce monstre leur ennemi ? Quelles rigueurs n'exerce-t-il point en tous lieux ? Là, sous le robinet d'une fontaine, le gelé porteur d'eau contraint son cœur en soufflant de rendre à ses mains la vie qu'il leur a dérobée. Là, contre le pavé, le soulier du marcheur fait plus de bruit qu'à l'ordinaire, parce qu'il a des cloches aux pieds. Là, l'écolier fripon, une pelote de neige entre les doigts, attend au passage son compagnon pour lui noyer le visage dans un morceau de rivière ; enfin, de quelque côté que je me tourne, la gelée est si grande, que tout se prend jusques aux manteaux. À dix heures du soir, le filou morfondu sous un auvent grelotte, et se console lorsqu'il regarde le premier passant comme un tailleur qui lui apporte son habit. Lorsqu'il prendra fantaisie à l'Hiver, ce vieil endurci, d'aller à confesse, voilà, Monsieur, l'examen de sa conscience à un péché près : car c'est un cas réservé dont il n'aura jamais l'absolution. Vous-même jugez s'il est pardonnable, il me vient d'engourdir les doigts, afin de vous persuader que je suis un froid ami, puisque je tremble quand il est question de me dire,

Monsieur,
Votre serviteur

Lettre II

Pour le printemps

Au même

Monsieur,

Ne pleurez plus, le beau temps est revenu, le Soleil s'est réconcilié avec les hommes, et sa chaleur a fait trouver des jambes à l'Hiver, tout engourdi qu'il fût ; il ne lui a prêté de mouvement que ce qu'il en fallait pour fuir, et cependant ces longues nuits qui semblaient ne faire qu'un pas en une heure (à cause que pour être dans l'obscurité, elles n'osaient courir à tâtons) sont aussi loin de nous que la première qui fit dormir Adam. L'air naguère si condensé par la gelée que les oiseaux n'y trouvaient point de place, semble n'être aujourd'hui qu'un grand espace imaginaire où ces musiciens, à peine soutenus de notre pensée, paraissent au ciel de petits mondes balancés par leur propre centre ; le serein[1] n'enrhumait pas au pays d'où ils viennent, car ils font ici beau bruit : ô Dieux ! quel tintamarre ! sans doute ils sont en procès pour le partage des terres dont l'Hiver par sa mort les a faits héritiers ; ce vieux jaloux, non content d'avoir bouclé presque tous les animaux, avait gelé jusqu'aux rivières, afin qu'elles ne produisissent pas même des images. Il avait malicieusement tourné vers eux la glace de ces miroirs qui coulent du côté du vif-argent, et y seraient encore, si le Printemps à son retour ne les eût renversés. Aujourd'hui

1. Le serein : humidité, fraîcheur du soir.

le bétail s'y regarde nager en courant; la linotte et le pinson s'y reproduisent sans perdre leur unité, s'y ressuscitent sans mourir, et s'ébahissent qu'un nid si froid leur fasse éclore en un moment des petits aussi grands qu'eux-mêmes. Enfin nous tenons la terre en bonne humeur, nous n'avons dorénavant qu'à bien choyer ses bonnes grâces. À la vérité, dépitée de s'être vue au pillage de cet Automne, elle s'était tellement endurcie contre nous avec les forces que lui prêta l'Hiver, que si le Ciel n'eût pleuré deux mois sur son sein, elle ne se fût jamais attendrie: mais Dieu merci, elle ne se souvient plus de nos larcins, toute son attention n'est aujourd'hui qu'à méditer quelque fruit nouveau; elle se couvre d'herbe molle, afin d'être plus douce à nos pieds; elle n'envoie rien sur nos tables qui ne regorge de son lait; si elle nous offre des chenilles, c'est en guise de vers à soie sauvages; et les hannetons sont de petits oiseaux qui montrent qu'elle a eu soin d'inventer jusqu'à des jouets pour nos enfants. Elle s'étonne elle-même de sa richesse, elle s'imagine à peine être la mère de tout ce qu'elle produit, et grosse de quinze jours, elle avorte de mille sortes d'insectes, parce que ne pouvant toute seule goûter tant de plaisir, elle ébauche des enfants à la hâte, pour avoir à qui faire du bien; ne semble-t-il pas, en attachant aux branches de nos forêts des feuilles si touffues, que pour nous faire rire elle se soit égayée à porter un pré sur un arbre? Mais parce qu'elle sait que les contentements excessifs sont préjudiciables, elle force en cette saison les fèves de fleurir pour modérer notre joie, par la crainte de devenir fous: c'est le seul mauvais présage qu'elle n'ait point chassé de dessus l'hémisphère. Partout on voit la Nature accoucher, et ses enfants, à mesure qu'ils naissent, jouer dans leur berceau. Considérez le Zéphyr qui n'ose quasi respirer qu'en tremblant, comme il agite les blés et les caresse: ne diriez-vous pas que l'herbe est le poil de la terre, et que ce vent est le peigne qui a soin de le démêler? Je pense même que le Soleil fait l'amour à cette saison, car j'ai remarqué qu'en quelque lieu qu'elle se retire, il s'en approche toujours. Ces insolents Aquilons qui nous bravaient en l'absence de ce Dieu de tranquillité (surpris de sa venue) s'unissent à ses rayons pour obtenir la paix par leurs caresses, et les plus coupables se cachent dans les atomes et se tiennent cois sans bouger, de peur d'en être reconnus. Tout ce qui ne peut nuire par sa vie est en pleine liberté. Il n'est pas jusqu'à notre âme qui ne se répande plus loin que sa prison, afin de montrer qu'elle n'en est pas contenue. Je pense que la Nature est aux noces, on ne voit que danses, que concerts, que festins, et qui voudrait chercher dispute n'aurait pas le contentement d'en trouver, sinon de celles qui pour la beauté surviennent entre les fleurs. Là, possible au sortir du combat, un œillet tout sanglant tombe de lassitude ; là, un bouton de rose enflé du mauvais succès de son antagoniste, s'épanouit de joie ; là, le lys, ce colosse entre les fleurs, ce géant de lait caillé, glorieux de voir ses images triompher au Louvre, s'élève sur ses compagnes, les regarde de haut en bas, et fait devant soi prosterner la violette, qui jalouse et fâchée de ne pas monter aussi haut, redouble ses odeurs, afin d'obtenir de notre nez la préférence que nos yeux lui refusent ; là, le gazon de thym s'agenouille humblement devant la tulipe, à cause qu'elle porte un calice ; là, d'un autre côté, la terre dépitée que les arbres portent si haut et si loin d'elle les bouquets, dont elle les a couronnés, refuse de leur envoyer des fruits, qu'ils ne lui aient redonné ses fleurs. Cependant je ne trouve pas pour ces disputes que le Printemps en soit moins agréable ; Mathieu Gareau saute de tout son cœur au brouet de sa tante ; le plus mauvais garçon du village jure par *sa fi* qu'il fera cette année grand peur au Papegay[1] ; le vigneron appuyé sur un échalas, rit dans sa barbe à mesure qu'il voit pleurer sa vigne. Enfin, l'exemple de la Nature me persuade si bien le plaisir, que toute sujétion étant douloureuse, je suis presque à regret,

Monsieur,
Votre serviteur

1. Papegay : oiseau de carton ou de bois qu'on plante au bout d'une perche pour s'entraîner à l'arc ou à l'arquebuse

Lettre III

Pour l'été

Au même

Monsieur,

Que ne diriez-vous point du Soleil s'il vous avait rôti vous-même, puisque vous vous plaignez de lui, lorsqu'il hâte l'assaisonnement de vos viandes ? De toute la terre il n'a fait qu'une grande marmite : il a dessous attisé l'Enfer pour la faire bouillir, il a disposé les vents tout autour comme des soufflets afin de l'empêcher de s'éteindre ; et lorsqu'il rallume le feu de votre cuisine, vous vous en formalisez ? Il échauffe les eaux, il les distille, il les rectifie de peur que leur crudité ne vous nuise ; et vous lui chantez pouille pendant même qu'il boit à votre santé ? Pour moi, je ne sais pas en quelle posture dorénavant se pourra mettre ce pauvre Dieu, pour être à notre gré. Il envoie à notre lever les oiseaux nous donner la musique ; il échauffe nos bains, et ne nous y invite point qu'il n'en ait essayé le péril en s'y plongeant le premier ; que pouvait-il ajouter à tant d'honneur sinon de manger à notre table ? Mais jugez ce qu'il demande quand il n'est jamais plus proche de nos maisons qu'à midi. Plaignez-vous, Monsieur, après cela, qu'il dessèche l'humeur des rivières. Hélas ! sans cette attraction, que serions-nous devenus ? Les fleuves, les lacs, les fontaines, ont sucé toute l'eau qui rendait la terre féconde, et l'on se fâche qu'au hasard d'en faire gagner l'hydropisie à la moyenne région, il prenne la charge de la repuiser, et de promener par le ciel les nues, ces grands arrosoirs dont il éteint la soif de nos campagnes altérées ? Encore dans une saison où il est si fort pris de notre beauté, qu'il nous veut voir tous nus, j'ai bien de la peine à m'imaginer, s'il n'attirait à soi beaucoup d'eau pour y mouiller et rafraîchir ses rayons, comment il nous baiserait sans nous brûler. Mais quoi qu'on dise, nous en avons toujours de reste ; car au temps même que la canicule par son ardeur ne nous en laisse précisément que pour la nécessité, n'a-t-il pas soin de faire enrager les chiens de peur qu'ils n'en boivent ? Vous fulminez encore contre lui, sur ce qu'il dérobe (dites-vous) jusques à nos ombres : il nous les ôte (je l'avoue) et il n'a garde de les laisser auprès de nous, voyant qu'à toute heure elles se divertissent à nous effrayer ; voyez comme il monte au plus haut de notre horizon pour les mettre à nos pieds, et pour les rencogner sous terre d'où elles sont parties. Quelque haine cependant qu'il leur porte, quelque proche de leur fin qu'elles se trouvent, il leur donne la vie quand nous nous mettons entre-deux ; c'est pourquoi ces filles de la nuit courent tout alentour de nous pour se tenir à couvert des armes du Soleil, sachant bien qu'il aimera mieux s'abstenir de la victoire, que de se résoudre à les tuer au travers de nos corps. Ce n'est pas que durant toute l'année il ne soit pour nous tout en feu ; et il le montre assez, n'en reposant ni nuit ni jour : mais en Été toutefois sa passion devient bien autre ; il brûle, il court, il semble dévaler de son cercle, et se voulant jeter à notre col, il en tombe si près, que pour légère que soit l'essence d'un Dieu, la moitié des hommes dégoutte de sueur en le portant. Nous ne laissons pas toutefois de nous affliger quand il nous quitte ; les nuits même sympathisant à sa complexion, deviennent claires et chaudes, à cause qu'à son départ il a laissé sur l'horizon une partie de son équipage, comme ayant à y revenir bientôt. Le mois de mai véritablement germe les fruits, les noue et les grossit ; mais il leur laisse une âpreté mortelle qui nous étranglerait, si celui de juin n'y passait du sucre. Possible, m'objectera-t-on, que par ses chaleurs excessives, il met les herbes en cendre, et qu'ensuite il fait couler dessus des orages de pluie, mais pensez-vous qu'il ait grand tort (nous voyant tout salis du hâle) de nous mettre à la lessive ? Et je veux qu'il fût brûlant jusqu'à nous consommer, ce serait au moins une marque de notre paix avec Dieu, puisqu'autrefois chez son peuple il ne faisait descendre le feu du Ciel que sur les victimes purifiées. Encore s'il nous voulait brûler, il n'enverrait pas la rosée pour nous rafraîchir, cette belle rosée qui nous fait croire par ses infinies gouttes de lumière, que le flambeau du monde est en poudre dedans nos prés, qu'un million de petits cieux sont tombés sur la terre, ou que c'est l'âme de l'Univers qui ne sachant quel honneur rendre à son père, sort au-devant de lui, et le va recevoir jusque sur la pointe des herbes. Les villageois s'imaginent tantôt que ce sont des poux d'argent tombés au matin de la tête du Soleil qui se peigne ; tantôt la sueur de l'air corrompue par le chaud, où des vers luisants se sont mis ; tantôt la salive des Astres qui leur tombe de la bouche en dormant : mais enfin, quoi que ce puisse être, il n'importe, fussent les larmes de l'Aurore : elle s'afflige de trop bonne grâce pour ne nous en pas réjouir ; et puis c'est le temps où la nature nous met à même ses trésors. Le Soleil en personne assiste aux couches de Cérès, et chaque épi de blé paraît une boulangerie de petits pains de lait qu'il a pris la peine de cuire. Que si quelques-uns se plaignent que sa trop longue demeure avec nous jaunit les feuilles après les fruits, qu'ils sachent que ce monarque des étoiles en use ainsi pour composer de notre climat le jardin des Hespérides, en attachant aux arbres des feuilles d'or aussi bien que des fruits. Toutefois il a beau tenir la campagne, il a beau dans son zodiaque s'échauffer avec le Lion, il n'aura pas demeuré vingt-quatre heures chez la Vierge qu'il lui fera les doux yeux ; il deviendra tous les jours plus froid ; et enfin, quelque nom de pucelle qu'il laisse à la pauvre fille, il sortira de son lit tellement énervé, que six mois à peine le guériront de cette impuissance. Oh ! que j'ai cependant peur de voir croître l'Été, parce que j'ai peur de le voir diminuer ; c'est lui qui débarrasse l'eau, le bois, le métal, l'herbe, la pierre, et tous les corps différents que la gelée avait fait venir aux prises ; il apaise leurs froideurs, il démêle leurs antipathies, il moyenne entre eux un échange de prisonniers, il reconduit paisiblement chacun chez soi, et pour vous montrer qu'il sépare les natures les plus jointes, c'est que n'étant vous et moi qu'une même chose, je ne laisse pas aujourd'hui de me considérer séparément de vous, pour éviter l'impertinence qu'il y aurait de me mander à moi-même : je suis,

Monsieur,
Votre serviteur

Lettre IV

Contre l'automne

Au même

Monsieur,

Il me semble que j'aurais maintenant bien du plaisir à pester contre l'Automne, si je ne craignais de fâcher le Tonnerre, lui qui non content de nous tuer, n'est pas satisfait s'il n'assemble trois bourreaux différents dans une mort, et s'il ne nous massacre tout à la fois par les yeux, par les oreilles, et par le toucher : c'est-à-dire, par l'éclair, le tonnerre et le carreau ; l'éclair s'allume pour éteindre notre vue à force de lumière, et précipitant nos paupières sur nos prunelles, il nous fait passer de deux petites nuits de la largeur d'un double dans une autre aussi grande que l'Univers. L'air en s'agitant enflamme ses apostumes[1] ; en quelque part où nous tournions la vue, un nuage sanglant semble avoir déplié entre nous et le jour une tenture de gris brun, doublée de taffetas cramoisi ; le foudre engendré dans la nue crève le ventre de sa mère, et la nue, grosse en travail, s'en délivre avec tant de bruit que les roches les plus sauvages s'ouvrent aux cris de cet accouchement.

L'Automne cependant, aux péchés de laquelle il ne manquait plus que de faire imputer à son créateur les vices de sa nature, fait au vulgaire nommer ce tintamarre les instruments de la justice de Dieu. Et admirez un peu, je vous prie, le bel ordre de

1. Apostumes : abcès.

cette justice : un misérable meurt, on l'enterre, ce cadavre pourrit dans son linceul, s'exhale à travers le gazon de sa fosse, il monte et se va loger dans une nue où s'étant endurci par le choc, il crèvera peut-être au pied d'un autel sur la tête de son fils qui priait pour son âme. Mais quand il serait vrai qu'une chose si frêle fût le bras droit du Tout-Puissant, il ne s'ensuit pas pour cela que la saison du tonnerre, c'est-à-dire la saison destinée à châtier les coupables, soit plus agréable que les autres, ou bien il faut conclure que le temps le plus doux de la vie d'un criminel est celui de son exécution. Je crois qu'ensuite de ce funeste météore, nous pouvons passer au vin, puisque c'est un tonnerre liquide, un courroux potable, et un trépas qui fait mourir les ivrognes de santé. Il est cause, le furieux, que la définition qu'Aristote a donnée pour l'homme, d'animal raisonnable, soit fausse au moins pour ceux qui en boivent trop ; mais ne vous semble-t-il pas qu'on peut dire du cabaret, que c'est un lieu où l'on vend la folie par bouteilles ? Et je doute même s'il n'est point allé jusque dans les cieux faire sentir ses fumées au Soleil, voyant comme il se couche tous les jours de si bonne heure. Quelques philosophes de ce siècle en ont tant avalé, qu'ils en ont fait pirouetter la Terre dessous eux ; et si véritablement elle se meut, je pense que ce sont des *S* que l'ivrognerie lui fait faire. Pour moi, je porte tant de haine à ce poison, qu'encore que l'eau-de-vie soit un venin beaucoup plus furieux, je ne laisse pas de lui pardonner, à cause que ce m'est un témoignage qu'elle lui a fait rendre l'esprit. Nous voilà donc en ce temps condamnés à mourir de soif, puisque notre breuvage est empoisonné : voyons si notre manger qu'elle nous étend sur la Terre, comme sur une table, est moins dangereux que sa boisson. Hélas ! pour un seul fruit qu'Adam mangea, cent mille personnes moururent qui n'étaient pas encore ; l'arbre même est forcé par la Nature de commencer le supplice de ses enfants criminels ; il les jette contre terre, la tête en bas, le vent les secoue et le Soleil les précipite. Après cela, Monsieur, ne trouvez pas mauvais que je désapprouve qu'on dise : voilà du fruit en bon état. Comment y pourrait-il être, lui qui s'est pendu soi-même ? Aussi à considérer comme les cailloux y vont à l'offrande : n'est-ce pas une occasion de douter de leur innocence, puisqu'ils sont lapidés à chaque bout de champ ? Ne voyez-vous pas même que les arbres, en produisant les fruits, ont soin de les envelopper de feuilles pour les cacher comme s'ils n'avaient pas assez d'effronterie pour montrer à nu leurs parties honteuses ? Mais admirez encore comment cette horrible saison traite les arbres en leur disant adieu. Elle les charge de vers, d'araignées et de chenilles, et tout chauves qu'elle les a rendus, elle ne laisse pas encore de leur mettre de la vermine à la tête : nommez-vous cela des présents d'une bonne mère à ses enfants, et mérite-t-elle que nous la remercions après nous avoir ôté presque tous les aliments ? Mais son dépit passe encore plus outre, car elle tâche d'empoisonner ceux qui ne sont pas morts de faim, et je n'avance rien que je ne prouve : n'est-il pas vrai que ne nous restant plus rien de pur entre tant de choses dont l'usage nous est nécessaire, sinon l'air, la marâtre l'a suffoqué de contagion ? Ne voyez-vous pas comme elle traîne la peste, cette maladie sans queue qui tient la mort pendue à la sienne en toutes les villes de ce royaume ; comme elle renverse toute l'économie de l'univers et de la société des hommes, jusqu'à couvrir de pourpre des misérables sur un fumier ? Et jugez si le feu dont elle s'allume contre nous est ardent, quand il suffit d'un charbon sur un homme pour le consommer.

Voilà, Monsieur, les trésors et l'utilité de cette adorable saison, par qui vous pensiez avoir trouvé le secret de la corne d'abondance. En vérité, ne mérite-elle pas bien mieux des satires que des éloges, et ne devrions-nous pas même détester les autres à cause qu'elles sont en sa compagnie, et qu'elles la suivent toujours et la précèdent ? Pour moi, je ne doute point qu'un jour cette enragée ne pervertisse toutes ses compagnes ; et en effet, nous observons qu'elles ont déjà toutes à son exemple leur façon particulière d'estropier, et que pour les maux dont elles nous accablent, l'Hiver nous contraint de réclamer saint Jean, le Printemps saint Mathurin, l'Été saint Hubert, et l'Automne saint Roch. Pour moi, je ne sais qui me tient que je ne me procure la mort, de dépit que j'ai de ne pouvoir vivre que dessous leur règne, mais principalement de ce que la maudite Automne me passe tous les ans sur la tête pour me faire enrager : il semble qu'elle tâche d'embarrasser ses sœurs dans ses crimes ; car enfin, Monsieur, grosse de foudres comme nous la voyons, n'induit-elle pas à croire que toutes ensemble elles composent un monstre qui aboie par les pieds ? Que pour elle, elle est une harpie affamée qui mord de la glace pendant que sa queue est au feu, qui se sauve d'un embrasement par un déluge, et qui vieille à quatre-vingts jours est si passionnée d'amour pour l'Hiver, à cause qu'il nous tue, qu'elle expire en le baisant ? Mais ce qui me semble encore plus étrange est que je me sois abstenu de lui reprocher son plus grand crime, je veux dire le sang dont elle souille depuis tant d'années la face de toute l'Europe, car je le devais faire pour la punir de ce qu'ayant prodigué des fruits à tout le monde, elle ne m'en a pas encore donné un qui puisse vous dire après ma mort, je suis,

Monsieur,
Votre serviteur

Lettre V

Sur l'ombre que faisaient des arbres dans l'eau

Monsieur,

Le ventre couché sur le gazon d'une rivière, et le dos étendu sous les branches d'un saule qui se mire dedans, je vois renouveler aux arbres l'histoire de Narcisse ; cent peupliers précipitent dans l'onde cent autres peupliers, et ces aquatiques ont été tellement épouvantés de leur chute, qu'ils tremblent encore tous les jours du vent qui ne les touche pas ; je m'imagine que la nuit ayant noirci toutes choses, le soleil les plonge dans l'eau pour les laver : mais que dirais-je de ce miroir fluide, de ce petit monde renversé, qui place les chênes au-dessous de la mousse, et le ciel plus bas que les chênes ? Ne sont-ce point de ces vierges de jadis métamorphosées en arbres, qui désespérées de sentir encore violer leur pudeur par les baisers d'Apollon, se précipitent dans ce fleuve la tête en bas ? Ou n'est-ce point qu'Apollon, lui-même offensé qu'elles aient osé protéger contre lui la fraîcheur, les ait ainsi pendues par les pieds ? Aujourd'hui le poisson se promène dans les bois, et des forêts entières sont au milieu des eaux sans se mouiller ; un vieil orme entre autres vous ferait rire, qui s'est quasi couché jusque dessus l'autre bord, afin que son image prenant la même posture, il fît de son corps et de son portrait un hameçon pour la pêche : l'onde n'est pas ingrate de la visite que ces saules lui rendent ; elle a percé l'univers à jour, de peur que la vase de son lit ne souillât leurs rameaux, et non contente d'avoir formé du cristal avec de la bourbe, elle a voûté des cieux et des astres par-dessous, afin qu'on ne pût dire que ceux qui l'étaient venus voir eussent perdu le jour qu'ils avaient quitté pour elle. Maintenant nous pouvons baisser les yeux au ciel, et par elle le jour se peut vanter que tout faible qu'il est à quatre heures du matin, il a pourtant la force de précipiter le ciel dans des abîmes. Mais admirez l'empire que la basse région de l'âme exerce sur la haute : après avoir découvert que tout ce miracle n'est qu'une imposture des sens, je ne puis encore empêcher ma vue de prendre au moins ce firmament imaginaire pour un grand lac sur qui la Terre flotte; le rossignol qui du haut d'une branche se regarde dedans, croit être tombé dans la rivière: il est au sommet d'un chêne et toutefois il a peur de se noyer; mais lors qu'après s'être affermi de l'œil et des pieds, il a dissipé sa frayeur, son portrait ne lui paraissant plus qu'un rival à combattre, il gazouille, il éclate, il s'égosille, et cet autre rossignol, sans rompre le silence, s'égosille en apparence comme lui et trompe l'âme avec tant de charmes, qu'on se figure qu'il ne chante que pour se faire ouïr de nos yeux. Je pense même qu'il gazouille du geste, et ne pousse aucun son dans l'oreille afin de répondre en même temps à son ennemi, et pour n'enfreindre pas les lois du pays qu'il habite, dont le peuple est muet. La perche, la dorade, et la truite qui le voient, ne savent si c'est un poisson vêtu de plumes, ou si c'est un oiseau dépouillé de son corps; elles s'amassent autour de lui, le considèrent comme un monstre, et le brochet (ce tyran des rivières) jaloux de rencontrer un étranger sur son trône, le cherche en le trouvant, le touche et ne le peut sentir, court après lui au milieu de lui-même, et s'étonne de l'avoir tant de fois traversé sans le blesser. Moi-même j'en demeure tellement consterné que je suis contraint de quitter ce tableau. Je vous prie de suspendre sa condamnation, puisqu'il est malaisé de juger d'une ombre: car quand mes enthousiasmes auraient la réputation d'être fort éclairés, il n'est pas impossible que la lumière de celui-ci soit petite, ayant été prise à l'ombre; et puis, quelle autre chose pourrais-je ajouter à la description de cette image enluminée, sinon que c'est un rien visible, un caméléon spirituel ; une nuit, que la nuit fait mourir ; un procès des yeux et de la raison ; une privation de clarté que la clarté met au jour ; enfin que c'est un esclave qui ne manque non plus à la matière, qu'à la fin de mes lettres,

Votre serviteur, etc.

Lettre VI

Sur une énigme, que l'auteur envoyait à Monsieur de ****

Monsieur,

Pour reconnaître le présent dont m'enrichit ces jours passés votre belle énigme, j'ai cru être obligé de m'acquitter avec vous par une autre semblable; je dis semblable, à l'égard du nom d'énigme qu'elle porte: car quant à la sublimité du caractère de la vôtre, je reconnais le mien si fort au dessous, que je serais un téméraire d'oser suivre son vol seulement des yeux de la pensée. Si pourtant elle est assez heureuse pour se voir reçue en qualité de suivante auprès de la vôtre, son père sera trop honoré. Je vous avoue qu'elle est en impatience de vous entretenir: si donc votre bonté lui veut accorder cette grâce, vous n'avez qu'à continuer la lecture de cette lettre.

Je naquis neuf cents ans auparavant ma sœur, et toutefois elle passe pour mon aînée; je crois que sa laideur et sa difformité sont causes de cette méprise. Il n'y a personne qui n'abhorre sa compagnie et sa conversation; il ne sort jamais de sa bouche une bonne nouvelle; et quoiqu'elle ait plus d'autels sur la terre, qu'aucune des autres divinités, elle ne reçoit point de sacrifices agréables que les vœux des désespérés. Mais moi qui charme tout ce que j'approche, je ne passe aucun jour sans voir tomber à mes pieds ce qui respire dans l'air, sur la mer et sur la terre. Je trouve mon berceau dans le cercueil du Soleil, et dedans mon cercueil le Soleil trouve son berceau. Ce que l'homme a jamais vu de plus aimable et de plus parfait, se forma le premier jour de mon règne. La Nature a fondé mon trône et dressé ma couche au sommet d'un palais superbe, dont elle a soin, quand je repose, de tenir la porte fermée ; et l'ouvrage de cet édifice est élaboré avec tant d'art, que personne jamais n'a connu l'ordre et la symétrie de son architecture. Enfin je fais ma demeure au centre d'un labyrinthe inexplicable, où la raison du sage et du fou, du savant et de l'idiot, s'égarent de compagnie. Je n'ai point d'hôte que mon père, et quoiqu'il soit pourvu de facultés beaucoup plus raisonnables que ne sont les miennes, je le fais pourtant marcher où je veux, et je dispose de sa conduite. Cependant j'ai beau le tromper, peu d'heures le désabusent si clairement, qu'il se promet (quoiqu'en vain) de ne se plus fier à mes mensonges ; car j'attache aux fers, malgré lui, les cinq esclaves qui le servent ; aussitôt qu'ils sont fatigués, je les contrains bon gré, mal gré, de s'abandonner à mes caprices ; ce n'est pas qu'il n'essaie de fuir ma rencontre, mais je me cache pour le guetter en des lieux si noirs et si sombres, qu'il ne manque jamais de tomber dans mon embûche ; il se rend aussitôt à la force du caractère, dont ma divinité l'étonne, en sorte qu'il n'a plus d'yeux que pour moi. Ce n'est pas que je n'aie d'autres puissants adversaires, entre lesquels le plus considérable est l'ennemi juré du silence, qui m'aurait déjà plusieurs fois chassé des confins de son État, si la plus grande partie de ses sujets ne s'étaient en ma faveur révoltés contre lui. Et ces révoltés-là, que la cause de la raison soulève contre leur tyran, sont les mieux réglés, et les seuls qui vivent sous une juste harmonie. Ils protègent mon innocence, font taire les vacarmes et les clameurs qui conspirent à ma ruine, m'introduisent peu à peu dans leur royaume, et à la fin m'aident eux-mêmes, sans y penser, à m'en rendre le maître. Mais je pousse mes conquêtes encore bien plus loin : je partage avec le dieu du jour l'étendue et la durée de son empire ; que si la moitié que je possède n'est pas la plus éclatante, elle est au moins la plus douce et la plus tranquille. J'ai encore au-dessus de lui cet avantage, que j'empiète, quand bon me semble, sur ses terres, et qu'il ne peut empiéter sur les miennes. L'astre, dont l'Univers est éclairé, ne descend point de l'horizon, que je n'attache au joug de mon char la moitié du genre humain. Je suscite, et je conserve le trouble parmi les peuples, pour les maintenir en repos. Ils n'ont garde qu'ils ne m'aiment, car je les traite tous selon leurs humeurs. Les gais, je les mène aux festins, aux promenades, aux bals, à la comédie, et à tous les autres spectacles de divertissements. Les colériques, je les mène à la guerre, je les poste à la tête d'une puissante armée, leur fais ouvrir trente escadrons à coup d'épée, gagner des batailles, et prendre des rois prisonniers. Pour les mélancoliques, je les enfonce aux plus noires horreurs d'une solitude épouvantable, je les monte aux faîtes de cent rochers affreux et inaccessibles, pour faire paraître à leur vue les abîmes encore plus profonds. Enfin, j'accorde à toutes sortes de gens des occupations de leur goût. Je comble de biens les plus misérables, et quelquefois, en dépit de la Fortune, je prends plaisir à précipiter ses mignons jusqu'au plus bas de sa roue. J'élève aussi, quand il me plaît, un coquin sur le trône, comme autrefois j'ai prostitué une impératrice romaine aux embrassements d'un cuisinier. C'est moi qui, de peur que les amants ne s'aillent vanter de leurs bonnes fortunes, ai soin de leur clore les yeux, avant qu'ils soient aux ruelles. C'est aussi par mon art qu'on vole sans plumes, qu'on marche sans mouvoir les pieds ; et c'est moi seul enfin, par qui l'on meurt sans perdre la vie. Je passe la moitié du temps à réparer l'embonpoint ; je recolore les joues, et je fais épanouir sur les visages et la rose et le lys. Je suis deux choses ensemble bien dissemblables, le truchement des dieux, et l'interprète des sots. Quand on me voit de près, on ne sait qui je suis, et l'on ne commence à me connaître qu'alors qu'on m'a perdu de vue ; l'aigle qui regarde le Soleil fixement, cille la paupière devant moi. Je ne sais pas si parmi mes ancêtres, on a compté quelque lion ; mais à la campagne, le chant du coq me met en fuite ; et à parler franchement, j'ai de la peine moi-même à vous expliquer mon être, à moins que vous vous figuriez que ce que fait faire à son sabot un petit garçon quand il le fouette, je le fais faire à tout le monde. Eh bien ! Monsieur, c'est là parler bien clair, et si je gage que vous n'y entendez goutte, ô ! bien, sur ma foi, je ne vous l'expliquerai pas, à moins que vous me le commandiez ; car en ce cas-là, je vous confesserai ingénument, que le mot que vous cherchez est le sommeil, et je ne saurais m'en défendre : car je suis, et serai toute ma vie,

Monsieur,
Votre très obéissant

LETTRES AMOUREUSES

Lettre VII

Pour une dame rousse

Madame,

Je sais bien que nous vivons dans un pays où les sentiments du vulgaire sont si déraisonnables, que la couleur rousse, dont les plus belles chevelures sont honorées, ne reçoit que beaucoup de mépris ; mais je sais bien aussi que ces stupides qui ne sont animés que de l'écume des âmes raisonnables, ne sauraient juger comme il faut des choses excellentes, à cause de la distance qui se trouve entre la bassesse de leur esprit, et la sublimité des ouvrages dont ils portent jugement sans les connaître. Mais quelle que soit l'opinion malsaine de ce monstre à cent têtes, permettez que je parle de vos divins cheveux comme un homme d'esprit. Lumineux dégorgement de l'essence du plus beau des êtres visibles, intelligente réflexion du feu radical de la Nature, image du Soleil la mieux travaillée, je ne suis point si brutal de méconnaître pour ma reine la fille de celui que mes pères ont connu pour leur dieu. Athènes pleura sa couronne tombée sous les temples abattus d'Apollon ; Rome cessa de commander à la terre, quand elle refusa de l'encens à la lumière ; et Byzance est entrée en possession de mettre aux fers le genre humain, aussitôt qu'elle a pris pour ses armes celles de la sœur du Soleil. Tant qu'à cet esprit universel le Perse fit hommage du rayon qu'il tenait de lui, quatre mille ans n'ont pu vieillir la jeunesse de sa monarchie : mais sur le point de voir briser ses simulacres, il se sauva dans Pékin des outrages de Babylone. Il semble maintenant échauffer à regret d'autres terres que celles des Chinois, et j'appréhende qu'il ne se fixe dessus leur hémisphère, s'il peut un jour sans venir à nous leur donner les quatre saisons. La France toutefois, Madame, a des mains en votre visage qui ne sont pas moins fortes que les mains de Josué [1] pour l'enchaîner ; vos triomphes ainsi que les victoires de ce héros sont trop illustres pour être cachés de la nuit ; il manquera plutôt de promesse à l'homme qu'il ne se tienne toujours en lieu, d'où il puisse contempler à son aise l'ouvrage de ses ouvrages le plus parfait. Voyez comme par son amour, l'été dernier il échauffa les signes d'une ardeur si longue et si véhémente, qu'il en pensa brûler la moitié de ses maisons ; et sans consulter l'almanach, nous n'avons pu jamais distinguer l'hiver de l'automne pour sa bénignité, à cause qu'impatient de vous revoir, il n'a pu se résoudre à continuer son voyage jusqu'au Tropique. Ne pensez point que ce discours soit une hyperbole. Si jadis la beauté de Clymène l'a fait descendre du ciel, la beauté de M... est assez considérable pour le faire un peu détourner de son chemin : l'égalité de vos âges, la conformité de vos corps, la ressemblance peut-être de vos humeurs, peuvent bien rallumer en lui ce beau feu. Mais si vous êtes fille du Soleil, adorable Alexie, j'ai tort de dire que votre père soit amoureux de vous : il vous aime véritablement, et la passion dont il s'inquiète pour vous, est celle qui lui fit soupirer le malheur de son Phaéton et de ses sœurs ; non pas celle qui lui fit répandre des larmes à la mort de sa Daphné. Cette ardeur dont il brûle pour vous, est l'ardeur dont il brûla jadis tout le monde ; non pas celle dont il fut lui-même brûlé. Il vous regarde tous les jours avec les frissons et les tendresses que lui donne la mémoire du désastre de son fils aîné. Il ne voit sur la terre que vous où il se reconnaisse ; s'il vous considère marcher, voilà, dit-il, la généreuse insolence dont je marchais contre le serpent Python ; s'il vous entend débiter sur des matières délicates, c'est ainsi que je parle, dit-il, sur le Parnasse avec mes sœurs ; enfin

1. Josué : personnage biblique, successeur de Moïse. Entre autres prodiges, il suspendit la course du soleil pendant la bataille de Gabaon.

ce pauvre père ne sait en quelle façon exprimer la joie que lui cause l'imagination de vous avoir engendrée : il est jeune comme vous, vous êtes belle comme lui, son tempérament et le vôtre sont tout de feu. Il donne la vie et la mort aux hommes et vos yeux comme les siens font la même chose : comme lui vous avez les cheveux roux. J'en étais là de ma lettre, adorable M..., lorsqu'un censeur à contresens m'arracha la plume et me dit que c'était mal se prendre au panégyrique de louer une jeune personne de beauté, parce qu'elle était rousse. Moi ne pouvant punir cet orgueilleux plus sensiblement que par le silence, je pris une autre plume, et continuai ainsi : une belle tête sous une perruque rousse, n'est autre chose que le Soleil au milieu de ses rayons ; ou le Soleil lui-même, n'est autre chose qu'un grand œil sous la perruque d'une rousse ; cependant tout le monde en médit à cause que peu de monde a la gloire de l'être ; et cent femmes à peine en fournissent une, parce qu'étant envoyées du Ciel pour commander, il est besoin qu'il y ait plus de sujets que de seigneurs. Ne voyons-nous pas que toutes choses en la Nature, sont ou plus ou moins nobles selon qu'elles sont ou plus ou moins rousses ? Entre les éléments celui qui contient le plus d'essence et le moins de matière, c'est le feu, à cause de sa rousse couleur ; l'or a reçu de la beauté de sa teinture, la gloire de régner sur les métaux ; et de tous les astres le Soleil n'est le plus considérable que parce qu'il est le plus roux. Les comètes chevelues qu'on voit voltiger au ciel à la mort des grands hommes, sont-ce pas les rousses moustaches des dieux qu'ils s'arrachent de regret ? Castor et Pollux, ces petits feux qui font prédire aux matelots la fin de la tempête, peuvent-ils être autre chose que les cheveux roux de Junon qu'elle envoie à Neptune en signe d'amour ? Enfin sans le désir qu'eurent les hommes de posséder la toison d'une brebis rousse, la gloire de trente demi-dieux serait au berceau des choses qui ne sont pas nées ; et (un navire n'étant encore qu'un être de raison) Améric[1] ne nous aurait pas conté que la terre a quatre parties. Apollon, Vénus et l'Amour, les plus belles divinités du Panthéon, sont rousses en cramoisi ; et Jupiter n'est brun que

1. Améric : Amerigo Vespucci, explorateur florentin qui a donné son nom à l'Amérique.

par accident à cause de la fumée de son foudre qui l'a noirci. Mais si les exemples de la mythologie ne satisfont pas les aheurtés[1], qu'ils confrontent l'histoire. Samson qui tenait toute sa force pendue à ses cheveux, n'avait-il pas reçu l'énergie de son miraculeux être dans le roux coloris de sa perruque ? Les destins n'avaient-ils pas attaché la conservation de l'empire d'Athènes, à un seul cheveu rouge de Nisus[2] ? Et Dieu n'eût-il pas envoyé aux Éthiopiens la lumière de la foi, s'il eût trouvé parmi eux seulement un rousseau ? On ne douterait point de l'éminente dignité de ces personnes-là, si l'on considérait que tous les hommes qui n'ont point été faits d'hommes, et pour l'ouvrage de qui Dieu lui-même a choisi et pétri la matière, ont toujours été rousseaux.

Adam fut rousseau, Jésus-Christ fut rousseau, Judas même eut l'honneur d'être l'instrument de notre salut, et de baiser le messie en le trahissant à cause qu'il était rousseau ; et Dieu ne le réprouva que fâché de voir qu'un homme qui n'était que son estafier, fut cependant plus rousseau que lui ; et toute philosophie bien correcte doit apprendre que la Nature qui tend au plus parfait essaie toujours en formant un homme de former un rousseau, de même qu'elle aspire à faire de l'or en faisant du mercure ; car quoiqu'elle rencontre[3] rarement, un archer n'est pas estimé maladroit, qui lâchant trente flèches en adresse cinq ou six au but : comme le tempérament le mieux balancé est celui qui fait le milieu du flegme et de la mélancolie, il faut être bienheureux pour frapper justement un point indivisible : au-delà sont les blonds, au-delà sont les noirs, c'est-à-dire les volages et les opiniâtres ; entre deux est le milieu, où la sagesse en faveur des rousseaux a logé la vertu ; aussi leur chair est bien plus délicate, le sang plus subtil, les esprits plus épurés, et l'intellect par conséquent plus achevé à cause du mélange parfait des quatre qualités. C'est la raison qui fait que les rousseaux

1. Aheurtés : obstinés, butés.
2. Nisus : selon Ovide, ce roi avait parmi ses cheveux blancs un cheveu pourpre censé garantir la souveraineté de sa ville. Mais sa fille Scylla, amoureuse du chef ennemi Minos, coupa ce cheveu et l'offrit à l'envahisseur, qui conquit alors la ville.
3. Rencontre : réussit.

blanchissent plus tard que les noirs ; comme si la nature se fâchait de détruire ce qu'elle a pris plaisir à faire. En vérité je ne vois jamais de chevelure blonde, que je ne me souvienne d'une touffe de filasse mal habillée ; mais je veux que les femmes blondes, quand elles sont jeunes, soient agréables ; ne semble-t-il pas, sitôt que leurs joues commencent à cotonner, que leur chair se divise par filaments pour leur faire une barbe ? Je ne parle point des barbes noires car on sait bien que si le diable en porte, elle ne peut être que fort brune. Puis donc que nous avons tous à devenir esclaves de la beauté, ne vaut-il pas bien mieux que nous perdions notre franchise dessous des chaînes d'or, que sous des cordes de chanvre, ou des entraves de fer ? Pour moi tout ce que je souhaite, ô ma belle M..., est qu'à force de promener ma liberté dedans ces petits labyrinthes d'or, qui vous servent de cheveux, je l'y perde bientôt ; et tout ce que je souhaite c'est de ne la jamais recouvrer quand je l'aurai perdue. Voudriez-vous bien me promettre que ma vie ne sera point plus longue que ma servitude ? Et que vous ne serez point fâchée que je me dise jusqu'à la mort,

Madame,

Votre je ne sais quoi ?

Lettre VIII

Madame,

Suis-je condamné de pleurer encore bien longtemps ? Eh ! je vous prie, ma belle maîtresse, au nom de votre bon ange, faites-moi cette amitié, de me découvrir là-dessus votre intention, afin que j'aille de bonne heure retenir place aux Quinze-Vingts, parce que je prévois que de votre courtoisie je suis prédestiné à mourir aveugle ; oui, aveugle, car votre ambition ne se contenterait pas que je fusse simplement borgne ! N'avez-vous pas fait deux alambics de mes deux yeux, par où vous avez trouvé l'invention de distiller ma vie, et de la convertir en eau toute claire ? En vérité, je soupçonnerais (si ma mort vous était utile, et si ce n'était la seule chose que je ne puis obtenir de votre pitié) que vous n'épuisez ces sources d'eau qui sont chez moi, que pour me brûler plus facilement ; et je commence d'en croire quelque chose, depuis que j'ai pris garde que plus mes yeux tirent d'humide de mon cœur, plus il brûle. Il faut bien dire que mon père ne forma pas mon corps du même argile, dont celui du premier homme fut composé, mais qu'il le tailla sans doute d'une pierre de chaux, puisque l'humidité des larmes que je répands m'a tantôt consommé. Mais consommé, croiriez-vous bien, Madame, de quelle façon ? Je n'oserais plus marcher dans les rues embrasé comme je suis, que les enfants ne m'environnent de fusées, parce que je leur semble une figure échappée d'un feu d'artifice, ni à la campagne qu'on ne me prenne pour un de ces ardents[1] qui traînent à la rivière. Enfin vous pouvez connaître tout ce que cela veut dire ; c'est, Madame, que si vous ne revenez et bientôt, vous entendrez dire à votre retour, quand vous demanderez où je demeure, que je demeure aux Tuileries, et que mon nom, c'est la bête à feu qu'on fait voir aux badauds pour de l'argent. Alors, vous serez bien honteuse, d'avoir un amant salamandre, et le regret de voir brûler dès ce monde,

Madame,

Votre serviteur

1. Ardents : feux follets.

Lettre IX

Mademoiselle,

J'ai reçu vos magnifiques bracelets, qui m'ont semblé tout glorieux de porter vos chiffres ; ne craignez plus après cela, qu'un prisonnier arrêté par les bras et par le cœur, vous puisse échapper. Je confesse, cependant, que votre don m'eût été suspect, à cause qu'il entre presque toujours des cheveux et des caractères dans la composition des charmes : mais comme vous avez tant d'autres moyens plus nobles pour causer la mort, je n'ai garde de vous soupçonner de sortilège ; et puis j'aurais tort de me dérober aux secrets de votre magie, ne m'étant pas possible de me soustraire à mon horoscope, qui s'est accordé avec le vôtre, de ma triste aventure. Ajoutez à cette considération qu'elle sera beaucoup plus recommandable, si elle arrive par des moyens surnaturels, et s'il faut un miracle pour la causer. Je m'imagine, Mademoiselle, que vous prenez ceci pour une raillerie. Eh bien, parlons sérieusement, dites-moi donc en conscience : n'est-ce pas acquérir un cœur à bon marché, qui ne vous coûte que cinq ou six coups de brosse ? Par ma foi, si vous en trouvez d'autres à ce prix-là, je vous conseille de les prendre ; car il peut revenir plus facilement des cheveux à la tête, que des cœurs à la poitrine ! Mais n'auriez-vous point choisi, par malice, des cheveux à me faire présent, pour m'expliquer en hiéroglyphe l'insensibilité de votre cœur ? Non, je vous tiens plus généreuse ; mais quelque mal intentionnée que vous soyez, je confonds tellement dans ma joie toutes les choses qui me viennent de votre part, que les mains qui m'outragent, ou qui me caressent, me sont également souhaitables, pourvu qu'elles soient les vôtres, et la lettre que je vous envoie en est une preuve, puisqu'elle ne tend qu'à vous remercier, de m'avoir lié les bras, de m'avoir tiré par les cheveux ; et par toutes ces violences, m'avoir fait,

Mademoiselle,
Votre serviteur

Lettre X

M...,

Je ne te vois qu'à demi, parce que je t'aime trop; et tu penses me voir trop, parce que tu ne m'aimes qu'à demi! Viens chez moi tout à l'heure, si tu veux convaincre de mensonge l'appréhension que j'ai de ne te voir jamais. Il y a déjà un jour que nous ne nous sommes vus: un jour, bons Dieux! Ah! je ne le veux pas croire, ou bien il faut me résoudre à mourir. Penses-tu donc m'avoir laissé dans le cœur ton image assez achevée, pour se reposer sur elle de tout ce qu'elle me doit promettre de ta part? Il est vrai qu'elle y est, et très véritable encore qu'elle y est peinte fort bien: mais je n'oserais la présenter à mes yeux, parce que je m'imagine qu'il la faudrait tirer de mon cœur, et je ne sais si je l'y pourrais remettre sans toi. Je vois bien maintenant que je ne suis pas un Soleil comme tu m'as souventes fois appelée; car les cadrans ne s'accordent pas au compte que je fais des heures, j'en compte plus de mille depuis ta cruelle absence de chez nous. Cependant tu ne regardes l'horloge que pour y apprendre l'heure de ton dîner, sans te soucier si celle que tu souhaites ne sera point peut-être ma dernière; ou quand tu viendras faire de belles excuses, si tu me trouveras en vie pour les écouter.

Lettre XI

Regret d'un éloignement

Dois-je pleurer, dois-je écrire, dois-je mourir ? Il vaut mieux que j'écrive, mon cornet me prêtera plus d'encre que mes yeux ne me fourniront de larmes ; et quand je penserais guérir de la tristesse de votre absence par ma mort, ce ne serait pas me rapprocher de vous, puisque Paris est plus près de Saumur, que Saumur des Champs Élysées. Mais que vous écrirais-je, bons Dieux ? Rien, sinon que j'espère bientôt faire voyage pour le Poitou, ou pour l'Enfer ; que je vous prie de consoler mes amis de la perte qu'ils font à cause de vous ; et que si vous souhaitez me mander quelque chose, vous adressiez vos lettres au cimetière de Saint-Jacques ; c'est là que votre messager aura de mes nouvelles : le fossoyeur, ou mon épitaphe, lui apprendront mon logis, et lui feront lire que ne sachant où vous rencontrer en ce monde, je suis parti pour l'autre, étant bien assuré que vous y viendrez. Ce ne vous sera pas peu de consolation quand vous trouverez, pour vous garantir des insolences du diable, ce diable,

Madame,
Votre serviteur, De Bergerac

Lettre XII

Madame,

Le mal que je souffre pour vous n'est point la mort assurément, et toutefois je me meurs depuis que je vous ai vue : je brûle, je tremble, mon pouls est déréglé ; c'est donc la fièvre ? Hélas ! ce ne l'est point, car on la définit une disproportion querelleuse des qualités de l'animal, et c'est la parfaite harmonie de nos tempéraments qui m'a rendu malade. Quand je vous aperçus, il me sembla trouver ce beau, à la recherche de qui la Nature pousse tous les hommes. Quand vous parlâtes, je m'écriai : Voilà ce que j'ai voulu dire tant de fois, mon cœur soufflait dans mes entrailles, frappait contre les murs de sa prison, et maudissait le Ciel, qui, lui donnant l'envie et les moyens de reconnaître sa moitié, lui refusait le pouvoir de la joindre après l'avoir trouvée. Cependant il s'est dépité de telle sorte, ce petit souverain, de n'être pas absolu dans son empire, qu'il me refuse ses fonctions. Il ne prend rien de mon foie qui ne soit combustible ; il arrête le mouvement de mes poumons, de peur d'en être rafraîchi ; partout il envoie du fiel, et si je dure encore trois jours en cet état, on verra peut-être mon corps s'allumer au milieu des rues. Je suis déjà si sec, que la moindre étincelle qui me touchera, c'est fait de moi. Prévenez cet accident, Madame ; venez à lui, puisqu'il ne peut aller à vous. Hélas ! c'est un téméraire, c'est un Samson, qui ne se souciera pas de mourir étouffé sous les ruines de son palais, pourvu qu'il accable en tombant ceux qui l'empêchent de vous embrasser. Songez que la Nature vous ayant faite capable de me blesser, vous a lié une jambe de peur que vous ne puissiez emporter en fuyant le remède que vous me devez ; et ces blessures ne sont point imaginaires : car enseignez-moi, je vous prie, un endroit de votre corps où je puisse attacher ma vue, dont il ne soit sorti une flèche invisible qui m'a frappé ? Y a-t-il sur vous un atome de chair, qui ne soit coupable de ma mort ? Autant de fois que je le trouve beau, vous me semblez un agréable hérisson, qui ne souffrez jamais qu'on se détache d'une épine que pour faire tomber sur d'autres. Votre front me flatte, vos yeux me promettent, votre bouche me rit ; mais il survient à la traverse[1] ma mauvaise fortune qui me défend d'espérer. Opprimez, pour l'amour de moi, cette barbare ; ne souffrez pas qu'une aveugle malicieuse triomphe de votre bonté ; votre visage me dit Oui, cette cruelle me dit Non. Vous ferait-elle mentir, la maraude ? Elle ne saurait, ou bien vous le voudrez. Ah ! qu'elle serait bravée, et que je serais heureux, si ce bien, qu'une personne disgraciée de la Nature ne saurait espérer que du caprice de cette folle, je le recevais de votre propre main ; car j'aimerais bien mieux vous être obligé, qu'à mon ennemie. Je suis cependant entre les deux occupé à regarder, tantôt vous, tantôt elle, et je demande en pleurant qui me fera meilleur visage. Je l'espère de vous ; et qui m'en demanderait la raison, je ne sais, sinon que vous êtes belle ; je l'attends d'elle à cause qu'elle ne se peut réconcilier avec moi, sinon par un plaisir dont la grandeur soit proportionnée à la grandeur des déplaisirs qu'elle m'a faits. Ô Dieux ! que notre bien est mal assuré, lorsqu'il est entre les mains d'une jeune fille et de la Fortune ! Mais si l'un et l'autre négligent de me guérir, j'aurais recours au médecin de tous les grands maux : c'est la Mort. Oui je mourrai, possible qu'alors mon désastre vous attendrira, que vous résisterez plus douloureusement aux traits de la mort que de l'amour, et qu'un jour quand on demandera qui j'étais, vous ajouterez aux larmes que l'humanité forcera vos yeux de donner, un petit soulèvement

1. À la traverse : en obstacle, de façon gênante.

d'estomac aux mânes d'une personne qui vous a tant aimé. Ah ! si ce bonheur accompagne mes cendres, que les pierres de mon tombeau seront légères dessus elles ! Qu'elles attendront bien paisiblement le dernier jour du monde ! Qu'elles se lèveront de bon cœur pour aller au tribunal rendre compte de ma vie ! J'irai toutefois, je me plaindrai de votre barbarie, je demanderai à Dieu qu'il m'en fasse justice, il vous condamnera de brûler sous la terre, car j'ai brûlé dessus. Prévenez par là cependant, Madame, un si rigoureux arrêt. Brûlons d'amour, cette flamme est si douce, personne n'en est jamais mort ; l'aimez-vous mieux être par la main d'un autre que par moi, qui n'ai garde de vous faire du mal, puisque je suis,

Votre serviteur, D.C.

Lettre XIII

Reproche à une cruelle

Mademoiselle,

Je vous écris avec du sang barbare, afin que vous baigniez vos yeux dedans la source de ma vie. Que ne pouvez-vous le boire en le regardant ! J'aurais plus obtenu de votre cruauté en une heure, que je n'ai fait en dix ans de votre affection, puisque par elle je verrais unir mon âme à la vôtre. Figurez-vous donc, non seulement mes idées peintes avec mon sang, mais mon sang, comme il fumait dans mes veines, encore imprimé des idées qu'il a reçues de la douleur. Oui, je sentais en vous écrivant mon cœur distiller par ma plume, car au défaut des larmes, que mes infortunes ont épuisées, je n'ai trouvé chez moi que cet esclave qui vous pût entretenir. Le Soleil plus bilieux que vous, est pourtant plus pitoyable : il ne consume aucune chose, tant qu'il y trouve une larme ; mais vous êtes sans doute un Soleil hétéroclite ; et ce qui me le fait croire, c'est que celui de là-haut ne loge qu'un mois dans une maison, et votre hôte se plaint qu'il y en a trois que vous êtes au Gemini[1] ; c'est peut-être la raison qui m'a si longtemps empêché de vous voir ; ou bien, pour passer des superstitions de jadis à celle d'à présent et m'accommoder aux bruits qui courent de votre conversion, je ne puis mainte-

1. Gemini : la constellation des Gémeaux.

nant vous voir, à cause que les saints sont cachés en Carême. Ma foi pourtant faites arriver Pâques avant la semaine sainte ou bien je suis,

Mademoiselle,
Votre serviteur

LETTRES POLÉMIQUES

Lettre XIV

Pour les Sorciers

Monsieur,

Il m'est arrivé une si étrange aventure depuis que je n'ai eu l'honneur de vous voir, que pour y ajouter foi, il en faut avoir beaucoup plus que ce personnage qui par la force de la sienne, transporta des montagnes. Afin donc de commencer mon histoire, vous saurez qu'hier, lassé sur mon lit de l'attention que j'avais prêtée à ce sot livre que vous m'aviez autrefois tant vanté, je sortis à la promenade pour dissiper les sombres et ridicules imaginations dont le noir galimatias de sa science m'avait rempli ; et comme je m'efforçais à déprendre ma pensée de la mémoire de ses contes obscurs, m'étant enfoncé dans votre petit bois, après un quart d'heure, ce me semble, de chemin, j'aperçus un manche de balai qui se vint mettre entre mes jambes et à califourchon, bon gré mal gré que j'en eusse, et je me sentis envoler par le vague de l'air ; or sans me souvenir de la route de mon enlèvement, je me trouvai sur mes pieds au milieu d'un désert où ne se rencontrait aucun sentier ; je repassai cent fois sur mes brisées. Mais cette solitude m'était un nouveau monde, je résolus de pénétrer plus loin ; mais sans apercevoir aucun obstacle, j'avais beau pousser contre l'air, mes efforts ne me faisaient rencontrer partout que l'impossibilité de passer outre. À la fin fort harassé, je tombai sur mes genoux, et ce qui m'étonna davantage, ce fut d'avoir passé en un moment de midi à minuit; je voyais les étoiles luire au ciel avec un feu bluettant[1], la lune était en son plein, mais beaucoup plus pâle qu'à l'ordinaire; elle éclipsa trois fois, et trois fois dévala de son cercle; les vents étaient paralytiques, les fontaines étaient muettes, les oiseaux avaient oublié leur ramage, les poissons se croyaient enchâssés dans du verre, tous les animaux n'avaient de mouvement que ce qui leur en fallait pour trembler; l'horreur d'un silence effroyable, qui régnait partout, et partout la Nature semblait être en suspens de quelque grande aventure. Je mêlais ma frayeur à celle dont la face de l'horizon paraissait agitée quand, au clair de la lune, je vis sortir du fond d'une caverne un grand et vénérable vieillard vêtu de blanc, le visage basané, les sourcils touffus et relevés, l'œil effrayant, la barbe renversée par-dessus les épaules; il avait sur la tête un chapeau de verveine, et sur le dos une ceinture tissée de fougère de mai, faite en tresses. À l'endroit du cœur, était attachée sur sa robe une chauve-souris à demi morte, et autour du col un carcan, chargé de sept différentes pierres précieuses dont chacune portait le caractère de la planète qui le dominait. Ainsi mystérieusement habillé, portant à la main gauche un vase fait en triangle plein de rosée, et de la droite une houssine[2] de sureau en sève, dont l'un des bouts étant ferré d'un mélange de tous les métaux, l'autre servait de manche à un petit encensoir. Il baisa le pied de sa grotte, puis après s'être déchaussé, et arraché en grommelant certains mots du creux de la poitrine, il aborda le couvert d'un vieux chêne à reculons, à quatre pas duquel il creusa trois cernes l'un dans l'autre et la terre obéissante aux ordres du nécromancien, prenait elle-même en frémissant les figures qu'il voulait y tracer. Il y grava les noms des intelligences, tant du siècle que de l'année, de la saison, du mois, de la semaine, du jour, et de l'heure, de même ceux de leurs rois, avec leurs chiffres différents chacun en sa place propre, et les encensa tous chacun avec leurs cérémonies particulières. Ceci achevé, il posa son vase au milieu des cercles, le découvrit, mit le bout pointu de sa baguette entre ses dents, se coucha la face tournée vers l'Orient, et puis il s'endormit.

1. Bluettant : étincelant (de « bluette », étincelle).
2. Houssine : baguette flexible.

Environ au milieu de son sommeil, j'aperçus tomber dans le vase cinq graines de fougère. Il les prit toutes quand il fut éveillé, en mit deux dans ses oreilles, une dans sa bouche, l'autre qu'il replongea dans l'eau, et la cinquième il la jeta hors des cercles. Mais à peine celle-là fut-elle partie de sa main, que je le vis environné de plus d'un million d'animaux de mauvais augure, tant d'insectes que de parfaits : il toucha de sa baguette un chat-huant, un renard et une taupe, qui aussitôt entrèrent dans les cernes, en jetant un formidable cri. Avec un couteau d'airain, il leur fendit l'estomac, puis leur ayant arraché le cœur, et enveloppé chacun dans trois feuilles de laurier, il les avala. Il sépara le foie, qu'il épreignit[1] dans un vaisseau de figure hexagone, cela fini il recommença les suffumigations. Il mêla la rosée, et le sang dans un bassin, y trempa un gant de parchemin vierge, qu'il mit à sa main droite, et après quatre ou cinq hurlements horribles, il ferma les yeux, et commença les invocations.

Il ne remuait presque point les lèvres, j'entendais néanmoins dans sa gorge un bruissement comme de plusieurs voix entremêlées. Il fut élevé de terre, à la hauteur d'une palme, et de fois à d'autres, il attachait fort attentivement la vue sur l'ongle indice de sa main gauche. Il avait le visage enflammé, et se tourmentait fort. En suite de plusieurs contorsions épouvantables, il chut en gémissant sur ses genoux ; mais aussitôt qu'il eut articulé trois paroles d'une certaine oraison, devenu plus fort qu'un homme, il soutint sans vaciller les monstrueuses secousses d'un vent épouvantable, qui soufflait contre lui. Tantôt par bouffées, tantôt par tourbillons, ce vent semblait tâcher à le faire sortir des cernes. Après ce signe, les trois ronds tournèrent sous lui. Cet autre fut suivi d'une grêle rouge comme du sang, et celui-ci fit encore place à un quatrième, beaucoup plus effroyable. C'était un torrent de feu, qui bruissait en tournant, et se divisait par globes, dont chacun se fendait en éclats, avec un grand coup de tonnerre.

Il fut le dernier, car une belle lumière blanche et claire, dissipa ces tristes météores. Tout au milieu parut un jeune homme,

1. Épreignit : du verbe « épreindre », presser dans ses doigts, exprimer un liquide.

la jambe droite sur un aigle, l'autre sur un lynx, qui donna au magicien trois fioles pleines de je ne sais quelle liqueur. Le magicien lui présenta trois cheveux, l'un pris au devant de sa tête, les deux autres aux tempes, il fut frappé sur l'épaule d'un petit bâton, que tenait le fantôme, et puis tout disparut. Ce fut alors que les étoiles blêmies, à la venue du Soleil, s'unirent à la couleur des cieux. Je m'allais remettre en chemin pour trouver mon village, mais sur ces entrefaites, le sorcier m'ayant envisagé, s'approcha du lieu où j'étais. Encore qu'il cheminât à pas lents, il fut plus tôt à moi que je ne l'aperçus bouger. Il étendit sous ma main une main si froide, que la mienne en demeura fort longtemps engourdie. Il n'ouvrit ni la bouche ni les yeux, et dans ce profond silence, il me conduisit à travers des masures, sous les effroyables ruines d'un vieux château déshabité, où les siècles, depuis mille ans, travaillaient à mettre les chambres dans les caves.

Aussitôt que nous fûmes entrés, vante-toi, me dit-il (en se tournant vers moi), d'avoir contemplé face à face le sorcier Agrippa, et dont l'âme (par métempsycose) est celle qui jadis animait le savant Zoroastre, prince des Bactriens. Depuis près d'un siècle que je disparus d'entre les hommes, je me conserve ici par le moyen de l'or potable, dans une santé, qu'aucune maladie n'a jamais interrompue. De vingt ans en vingt ans, j'avale une prise de cette médecine universelle, qui me rajeunit, restituant à mon corps ce qu'il a perdu de ses forces. Si tu as considéré trois fioles, que m'a présentées le roi des démons ignés, la première en est pleine, la seconde de poudre de projection, et la troisième d'huile de talc. Au reste tu m'es bien obligé, puisqu'entre tous les mortels, je t'ai choisi pour assister à des mystères, que je ne célèbre qu'une fois en vingt ans. C'est par mes charmes que sont envoyées, quand il me plaît, les stérilités ou les abondances. Je suscite les guerres, en les allumant entre les génies qui gouvernent les rois. J'enseigne aux bergers la patenôtre du loup. J'apprends aux devins, la façon de tourner le sas. Je fais courir les ardents[1] sur les marais et sur les fleuves, pour noyer les voyageurs. J'excite les fées à danser au clair de la lune. Je pousse les

1. Ardents : feux follets.

joueurs à chercher le trèfle à quatre sous les gibets. J'envoie à minuit les esprits hors du cimetière, entortillés d'un drap, demander à leurs héritiers l'accomplissement des vœux qu'ils ont faits à la mort. Je commande aux démons d'habiter les châteaux abandonnés, d'égorger les passants qui y viendront loger, jusqu'à ce que quelque résolu les contraigne de lui montrer le trésor. Je fais trouver des mains de gloire aux misérables que je veux enrichir. Je fais brûler aux voleurs des chandelles de graisse de pendu, pour endormir les hôtes, pendant qu'ils exécutent leur vol. Je donne la pistole volante, qui vient resauter dans la pochette, quand on l'a employée. Je donne aux laquais ces bagues, qui les font aller et revenir de Paris à Orléans en un jour. Je fais tout renverser dans une maison par des esprits follets, qui font culbuter les bouteilles, les verres, les plats, quoi que rien ne se casse, rien ne se répande, et qu'on ne voie personne. Je montre aux vieilles à guérir la fièvre avec des paroles. Je réveille les villageois la veille de Saint-Jean, pour cueillir son herbe à jeun et sans parler. J'enseigne aux sorciers à devenir loups-garous, je les force à manger les enfants sur le chemin, et puis les abandonne quand quelque cavalier, leur coupant une patte (qui se trouve la main d'un homme), ils sont reconnus et mis au pouvoir de la justice. J'envoie aux personnes affligées un grand homme noir, qui leur promet de les faire riches, s'ils se veulent donner à lui. J'aveugle ceux qui prennent des cédules[1], en sorte que quand ils demandent 30 ans de terme, je leur fais voir le 3 devant l'0, que j'ai mis après. Je tords le col à ceux qui lisant dans le grimoire, sans le savoir, me font venir, et ne me donnent rien. Je m'en retourne paisiblement d'avec ceux qui m'ayant appelé me donnent seulement une savate, un cheveu, ou une paille. J'emporte, des églises qu'on dédie, les pierres qui n'ont pas été payées. Je ne fais paraître aux personnes ennuitées qui rencontrent les sorciers allant au sabbat qu'une troupe de chats, dont le prince est Marcou. J'envoie tous les confédérés à l'offrande, et leur présente à baiser le cul du bouc, assis dessus une escabelle. Je les traite splendidement, mais avec des viandes sans sel. Je fais tout évanouir, si quelque étranger ignorant des cou-

1. Cédule : écrit par lequel on reconnaît une dette.

tumes, fait la bénédiction; et je le laisse dans un désert, au milieu des épines, à trois cents lieues de son pays. Je fais trouver dans le lit des ribauds, aux femmes des incubes, aux hommes des succubes[1]. J'envoie dormir le cauchemar, en forme d'une longue pièce de marbre, avec ceux qui ne se sont pas signés en se couchant; j'enseigne aux nécromanciens à se défaire de leurs ennemis, faisant une image de cire, et la piquant ou la jetant au feu faire sentir à l'original, ce qu'ils font souffrir à la copie. J'ôte sur les sorciers le sentiment, aux endroits où le bélier les a marqués de son sceau. J'imprime une vertu secrète à *nolite fieri*[2], quand il est récité à rebours, qui empêche que le beurre ne se fasse. J'instruis les paysans à mettre sous le seuil de la bergerie qu'ils veulent ruiner, une toupe de cheveux, ou un crapaud, avec trois maudissons, pour faire mourir étiques les moutons qui passent dessus; je montre aux bergers à nouer l'aiguillette, le jour des noces, lorsque le prêtre dit *conjungo vos*[3]; je donne de l'argent qui se trouve après des feuilles de chêne; je prête aux magiciens un démon familier, qui les accompagne, et leur défend de rien entreprendre sans le congé de maître Martinet[4]. J'enseigne pour rompre le sort d'une personne charmée, de faire pétrir le gâteau triangulaire de Saint Loup, et le donner par aumône au premier pauvre qu'il trouvera. Je guéris les malades du loup-garou leur donnant un coup de fourche justement entre les deux yeux, je fais sentir les coups aux sorciers pourvu qu'on les batte avec un bâton de sureau. Je délie le Moine-Bourru[5], aux avents de Noël, lui commande de rouler comme un tonneau, ou traîner à minuit les chaînes dans les rues, afin de tordre le cou à ceux qui mettront la tête aux fenêtres. J'enseigne la composition

1. Incubes, succubes : anges déchus qui prennent l'apparence d'hommes et de femmes pour induire les humains en tentation (de *incubare*, coucher sur, et *succubare*, coucher sous).
2. *Nolite fieri* : début du psaume 31 de la Vulgate : « *Nolite fieri sicut equus et mulus* » – « Ne veuillez pas être faits comme le cheval, comme le mulet, privés d'intelligence ».
3. *Conjugo vos* : « Je vous unis », formule d'un prêtre qui scelle un mariage.
4. Maître Martinet : esprit familier qui guide les voyageurs et parfois les convie au sabbat.
5. Moine-Bourru : personnage populaire proche du croquemitaine, fantôme vêtu en moine qui rôde la nuit et terrifie les gens égarés.

des brevets, des sorts, des charmes, des sigilles[1], des talismans, des miroirs magiques, et des figures constellées. Je leur apprends à trouver le gui de l'an neuf, l'herbe de fourvoiement, les gamahez, l'emplâtre magnétique ; j'envoie le Gobelin[2]; la mule ferrée ; le filourdi, le roi hugon, le connétable, les hommes noirs, les femmes blanches, les lémures, les farfadets, les larves, les lamies[3], les ombres, les mânes, les spectres, les fantasmes ; enfin je suis le diable de Vauvert, le Juif errant, et le grand veneur de la forêt de Fontainebleau. Avec ces dernières paroles le magicien disparut, les couleurs des objets s'éloignèrent, une large et noire fumée couvrit la face du climat, et je me trouvais sur mon lit le cœur encore palpitant, et le corps tout froissé du travail de l'âme. Mais avec une si grande lassitude qu'alors que je m'en souviens, je ne crois pas avoir la force d'écrire au bas de ma lettre, je suis,

Monsieur,
Votre serviteur,

1. Sigilles : sceaux.
2. Gobelin : petit démon familier qui se cache dans les maisons.
3. Lamies : sorcières ou créatures imaginaires, mi-femme, mi-serpent, qui dévoilent leurs charmes pour attirer les hommes et les dévorer, ou boire leur sang.

Lettre XV

Contre les Sorciers

Monsieur,

En bonne foi, ma dernière lettre ne vous a-t-elle point épouvanté ? Quoi que vous en disiez, je pense que le grand homme noir aura pu faire quelque émotion, sinon dans votre âme, au moins dans quelqu'un de vos sens. Voilà ce que c'est de m'avoir autrefois voulu faire peur des esprits, ils ont eu leur revanche, et je me suis vengé malicieusement de l'importunité, dont tant de fois vous m'aviez persécuté de reconnaître les vérités de la magie. Je suis pourtant fâché de la fièvre qu'on m'a écrit que cet horrible tableau vous a causée ; mais pour effacer ma faute, je le veux effacer à son trou et vous faire voir sur la même toile la tromperie de ses couleurs, de ses traits et de ses ombres. Imaginez-vous donc qu'encore que par tout le monde on ait tant brûlé de sorciers, convaincus d'avoir fait pacte avec le diable, que tant de misérables aient avoué sur le bûcher d'avoir été au sabbat, et que même quelques-uns dans l'interrogation, aient confessé aux juges qu'ils avaient mangé à leurs festins des enfants qu'on a, depuis la mort des condamnés, trouvés pleins de vie et qui ne savaient ce qu'on leur voulait dire, quand on leur en parlait, on ne doit pas croire toutes choses d'un homme, parce qu'un homme peut dire toutes choses. Car quand même par une permission particulière de Dieu, une âme pourrait revenir sur la terre demander à quelqu'un le secours de ses prières, est-ce à dire que des esprits ou des intelligences, s'il y en a, soient si badines que de s'obliger aux quintes écervelées d'un villageois ignorant, s'apparaître à chaque bout de champ selon que l'humeur noire sera plus ou moins forte dans la tête mal timbrée d'un ridicule berger, venir au leurre comme un faucon, sur le poing du giboyeur qui le réclame, et selon le caprice de ce maraud danser la guimbarde, ou les matassins[1]? Non, je ne crois point de sorciers, encore que plusieurs grands personnages n'aient pas été de mon avis, et je ne défère à l'autorité de personne, si elle n'est accompagnée de raison, ou si elle ne vient de Dieu. Dieu qui tout seul doit être cru de ce qu'il dit, à cause qu'il le dit. Ni le nom d'Aristote, plus savant que moi, ni celui de Platon, ni celui de Socrate ne me persuadent point si mon jugement n'est convaincu par raison de ce qu'ils disent: la raison seule est ma reine, à qui je donne volontairement les mains, et puis je sais par expérience que les esprits les plus sublimes ont chopé le plus lourdement; comme ils tombent de plus haut, ils font de plus grandes chutes, enfin nos pères se sont trompés jadis, leurs neveux se trompent maintenant; les nôtres se tromperont quelque jour! N'embrassons donc point une opinion, à cause que beaucoup la tiennent, ou parce que c'est la pensée d'un grand philosophe; mais seulement à cause que nous voyons plus d'apparence qu'il soit ainsi que d'être autrement. Pour moi je me moque des pédants qui n'ont point de plus forts arguments pour prouver ce qu'ils disent, sinon d'alléguer que c'est une maxime: comme si leurs maximes étaient bien plus certaines que leurs autres propositions. Je les en croirai pourtant s'ils me montrent une philosophie, dont les principes ne puissent être révoqués en doute, desquels toute la Nature soit d'accord, ou qui nous aient été révélés d'en haut, autrement je m'en moque, car il est aisé de prouver tout ce qu'on veut quand on ajuste les principes aux opinions, et non pas les opinions aux principes. Outre cela, quand il serait juste de déférer à l'autorité de ces grands hommes, et quand je serais contraint d'avouer que les premiers philosophes ont établi ces principes, je les forcerais bien d'avouer à leur tour que ces Anciens-là, non

1. Matassin: danse grotesque.

plus que nous, n'ont pas toujours écrit ce qu'ils ont cru : souvent les lois, et la religion de leur pays les ont contraints d'accommoder leurs préceptes à l'intérêt, et au besoin de la politique. C'est pourquoi on ne doit croire d'un homme que ce qui est humain, c'est-à-dire possible et ordinaire ; enfin je n'admets point de sorciers à moins qu'on me le prouve. Si quelqu'un par des raisonnements plus forts et plus pressants que les miens me le peut démontrer, ne doutez point que je ne lui dise : soyez, Monsieur, le bienvenu, c'est vous que j'attendais, je renonce à mes opinions et j'embrasse les vôtres ; autrement qu'aurait l'habile par-dessus le sot, s'il pensait ce que pense le sot ? Il doit suffire au peuple qu'une grande âme fasse semblant d'acquiescer aux sentiments du plus grand nombre, pour ne pas résister au torrent, sans entreprendre de donner des menottes à sa raison : au contraire, un philosophe doit juger le vulgaire, et non pas juger comme le vulgaire. Je ne suis point pourtant si déraisonnable qu'après m'être soustrait à la tyrannie de l'autorité, je veuille établir la mienne sans preuve, c'est pourquoi vous trouverez bon que je vous apprenne les motifs que j'ai eus de douter de tant d'effets étranges qu'on raconte des esprits ; il me semble avoir observé beaucoup de choses bien considérables pour me débarrasser de cette chimère. Premièrement, on ne m'a quasi jamais récité aucune histoire de sorciers, que je n'aie pris garde qu'elle était ordinairement arrivée à trois ou quatre cents lieues de là. Cet éloignement me fit soupçonner, qu'on avait voulu dérober aux curieux l'envie et le pouvoir de s'en informer. Joignez à cela que cette bande d'hommes habillés en chats, trouvée au milieu d'une campagne, sans témoins, la foi d'une personne seule doit être suspecte en chose si miraculeuse ; près d'un village il en a été plus facile de tromper des idiots. C'était une pauvre vieille ; elle était pauvre, la nécessité l'a pu contraindre à mentir pour de l'argent. Elle était vieille, l'âge affaiblit la raison, l'âge rend babillard, elle a inventé ce conte pour entretenir ses voisines ; l'âge affaiblit la vue : elle a pris un lièvre pour un chat ; l'âge rend timide : elle en a cru voir cinquante au lieu d'un. Car enfin, il est plus facile qu'une de ces choses soit arrivée, qu'on voit tous les jours arriver, qu'une aventure surnaturelle, sans raison et sans exemple. Mais de grâce examinons ces sorciers pris. Vous trouverez que c'est un paysan fort grossier, qui n'a pas l'esprit de se démêler des filets dont on l'embarrasse, à qui la grandeur du péril assomme l'entendement en telle sorte, qu'il n'a plus l'âme assez présente pour se justifier, qui n'oserait même répondre pertinemment, de peur de donner à conclure aux préoccupés que c'est le diable qui parle par sa bouche. Si cependant il ne dit mot, chacun crie qu'il est convaincu de sa conscience, et aussitôt le voilà jeté au feu. Mais le diable est-il si fou, lui qui a bien pu autrefois le changer en chat, de ne le pas maintenant changer en mouche, afin qu'il s'envole ? Les sorciers (disent-ils) n'ont aucune puissance, dès qu'ils sont entre les mains de la justice. Oh ! par ma foi, cela est bien trouvé ; donc Me Jean Guillot, de qui le père a volé les biens de son pupille, s'est acquis par le moyen de 20 000 écus dérobés, que lui coûta son office de juge, le pouvoir de commander aux diables ? Vraiment les diables portent grand respect aux larrons. Mais ces diables au moins devaient éloigner ce pauvre malheureux, leur très humble serviteur, quand ils surent qu'on était en campagne pour le prendre. Car ce n'est pas donner courage à personne de le servir, d'abandonner ainsi les siens ; pour des natures qui ne sont qu'esprits, elles font de grands pas de clerc. J'ai aussi remarqué que tous ces magiciens prétendus, sont gueux comme des Diogènes. Ô Ciel ! est-il donc vraisemblable, qu'un homme s'exposât à brûler éternellement, sous l'espérance de demeurer pauvre, haï, affamé, et en crainte continuelle de se voir griller en place publique ? Satan lui donnerait, non des feuilles de chêne, mais des pistoles de poids, pour acheter des charges, qui le mettraient à couvert de la justice. Mais vous verrez que les démons de ce temps-ci, sont extrêmement niais, et qu'ils n'ont pas l'esprit d'imaginer tant de finesses : ce malotru Berger, que vous tenez dans vos prisons, à la veille d'être bouilli, sur quelles convictions le condamnez-vous ? On l'a surpris récitant la patenôtre du loup ? Ah ! de grâce, qu'il la répète, vous n'y remarquerez que de grandes sottises, et moins de mal, qu'il n'y en a dedans une mort-diable[1], pour laquelle cependant on ne fait mourir personne. Outre cela,

1. Mort-diable : imprécation.

dit-on, il a ensorcelé des troupeaux ? Ou ce fut par paroles, ou par la vertu cachée de quelques poisons naturels. Par paroles je ne crois pas que les vingt-quatre lettres de l'alphabet couvent dans la grammaire la malignité occulte d'un venin si présent, ni que d'ouvrir la bouche, serrer les dents, appuyer la langue au palais, de telle ou telle façon, ait la force d'empester les moutons, ou de les guérir. Car si vous me répondez, que c'est à cause du pacte, je n'ai point encore lu dans la chronologie, le temps auquel le diable accorda avec le genre humain, que quand on articulerait de certains mots qui doivent avoir été spécifiés au contrat, il tuerait, qu'à d'autres il guérirait, et qu'à d'autres il viendrait nous parler ; et je veux qu'il en eût passé le concordat avec un particulier ; ce particulier-là n'aurait pas le consentement de tous les hommes pour nous obliger à cet accord. À quelques syllabes toutefois, qu'un lourdaud sans y penser aura proférées, il avolera[1] incontinent, pour l'effrayer, et ne rendra pas la moindre visite à une personne puissante, dépravée, illustre, spirituelle, qui se donne à lui de tout son cœur, et qui par son exemple, serait cause de la perte de cent mille âmes ! Vous m'avouerez peut-être que les paroles magiques n'ont aucun pouvoir, mais qu'elles couvrent sous des mots barbares la maligne vertu des simples[2], dont tous les enchanteurs empoisonnent le bétail. Hé bien, pourquoi donc ne les faites-vous mourir, en qualité d'empoisonneurs et non pas de sorciers ? Ils confessent (répliquez-vous) d'avoir été au sabbat, d'avoir envoyé des diables dans les corps de quelques personnes, qui en effet se sont trouvées démoniaques. Pour le voyage du sabbat voici ma créance, c'est qu'avec des huiles assoupissantes dont ils se graissent, comme alors qu'ils veillent, ils se figurent être bientôt emportés à califourchon, sur un balai par la cheminée, dans une salle où l'on doit festiner, danser, faire l'amour, baiser le cul au bouc ; l'imagination fortement frappée de ces fantômes, leur représente dans le sommeil ces mêmes choses, comme un balai entre les jambes, une campagne qu'ils passent en volant, un bouc, un festin, des dames ; c'est pourquoi quand ils se réveillent, ils croient avoir vu ce qu'ils ont songé. Quant à ce

1. Avoler : arriver en volant.
2. Simples : herbes médicinales.

qui concerne la possession, je vous en dirai aussi ma pensée, avec la même franchise. Je trouve en premier lieu, qu'il se rencontre dix mille femmes pour un homme. Le diable serait-il un ribaud, de chercher avec tant d'ardeur l'accouplement des femmes ? Non, non, mais j'en devine la cause, une femme a l'esprit plus léger qu'un homme, et plus hardi par conséquent à résoudre des comédies de cette nature. Elle espère que pour peu de latin qu'elle écorchera, pour peu qu'elle fera de grimaces, de sauts, de cabrioles, et de postures, on les croira toujours beaucoup au-dessus de la pudeur, et de la force d'une fille. Et enfin elle pense être si forte de sa faiblesse, que l'imposture étant découverte, on attribuera ses extravagances à quelques suffocations de matrice, ou qu'au pis-aller, on pardonnera à l'infirmité de son sexe. Vous répondrez peut-être que pour y en avoir de fourbes, cela ne conclut rien contre celles qui sont véritablement possédées. Mais si c'est là votre nœud gordien, j'en serais bientôt l'Alexandre. Examinons donc, sans qu'il nous importe de choquer les opinions du vulgaire, s'il y a autrefois eu des démoniaques, et s'il y en a aujourd'hui. Qu'il y en ait eu autrefois, je n'en doute point, puisque les livres sacrés assurent qu'une Chaldéenne, par art magique, envoya un démon dans le cadavre du prophète Samuel, et le fit parler. Que David conjurait avec sa harpe, celui dont Saül était obsédé. Et que Notre Sauveur Jésus-Christ chassa les diables des corps de certains Hébreux, et les envoya dans des corps de pourceaux. Mais nous sommes obligés de croire que l'empire du diable cessa quand Dieu vint au monde. Que les Oracles furent étouffés sous le berceau du Messie, et que Satan perdit la parole en Bethléem, l'influence altérée de l'étoile des trois Rois lui ayant sans doute causé la pépie. C'est pourquoi je me moque de tous les énergumènes d'aujourd'hui et m'en moquerai jusqu'à ce que l'Église me commande de les croire. Car de m'imaginer que cette pénitente de Goffridy, cette religieuse de Loudun, cette fille d'Évreux soient endiablées, parce qu'elles font des culbutes, des grimaces, et des gambades, Scaramouche, Colle, et Cardelin les mettront à quia. Comment ! elles ne savent pas seulement parler latin. Lucifer a bien peu de soin de ses diables, de ne les pas envoyer au collège. Quelques-unes répondent assez pertinemment, quand l'exorciste déclame une oraison de bréviaire dont en quelque façon elles écorchent le sens, à force de le réciter, à moins de cela vous les voyez contrefaire les enragées, feindre à tout ce qu'on leur prêche, une distraction d'esprit perpétuelle ; et cependant j'en ai surpris d'attentives à guetter au passage quelque verset de leur office, pour répondre à propos, comme ceux qui veulent chanter à vêpres et ne les savent pas, attendent à l'affût le *Gloria Patri* etc. pour s'y égosiller. Ce que je trouve encore de bien divertissant, sont les méprises où elles s'embarrassent quand il faut obéir ou n'obéir pas. Le conjurateur commandait à une de baiser la terre, toutes les fois qu'il articulerait le sacré nom de Dieu ; ce diable d'obéissance le faisait fort dévotement : mais comme il vint encore un coup à lui ordonner la même chose en autres termes que ceux dont il usait ordinairement (car il lui commande par le fils coéternel du Souverain Être), ce novice démoniaque, qui n'était pas théologien, demeura plat, rougit, et se jeta aux injures : jusqu'à ce que l'exorciste l'ayant apaisé, par des mots plus ordinaires, il se remit à raisonner. J'observe outre cela, que selon que le prêtre haussait sa voix, le diable augmentait sa colère ; bien souvent à des paroles de nul poids, à cause qu'il les avait prononcées avec plus d'éclat : et qu'au contraire, il avalait doux comme lait des exorcismes qui faisaient trembler, à cause qu'étant las de crier, il les avait prononcés d'une voix basse. Mais ce fut bien pis, quelque temps après, quand un abbé les conjura. Elles n'étaient point faites à son style, et cela fut cause que celles qui voulurent répondre répondirent si fort à contresens que ces pauvres diables, au front de qui restait encore quelque pudeur, devinrent tout honteux ; et depuis en toute la journée, il ne fut pas possible de tirer un méchant mot de leur bouche. Ils crièrent à la vérité fort longtemps qu'ils sentaient là des incrédules ; qu'à cause d'eux ils ne voulaient rien faire de miraculeux, de peur de les convertir. Mais la feinte me sembla bien grossière : car s'il était vrai, pourquoi les en avertir ? Ils devaient au contraire pour nous endurcir en notre incrédulité se cacher dans ces corps, et ne pas faire des choses qui pussent nous désaveugler. Vous répondez que Dieu les force à cela, pour manifester la foi. Oui, mais je ne suis point convaincu, ni obligé de croire que ce soit le diable qui fasse toutes ces singeries, puisqu'un homme les peut faire naturellement. De se contourner le visage vers les épaules je l'ai vu pratiquer aux bohémiens. De sauter, qui ne le fait point hors les paralytiques ? De jurer, il ne s'en rencontre que trop. De marquer sur la peau certains caractères, ou des eaux, ou des pierres, colorent sans prodige notre chair. Si les diables sont forcés comme vous dites, de faire des miracles afin de nous illuminer, qu'ils en fassent de convaincants, qu'ils prennent les tours de Notre-Dame de Paris, où il y a tant d'incrédules, et les portent sans fraction, dans la campagne Saint-Denis danser une sarabande espagnole. Alors nous serons convaincus. J'ai pris garde encore, que le diable qu'on dit être si médisant, ne les induit jamais (au milieu de leurs grandes fougues) à médire l'une de l'autre. Au contraire, elles s'entreportent un très grand respect, et n'ont garde d'agir autrement parce que la première offensée découvrirait le mystère. Pourquoi, mon Révérend Père, n'instruit-on votre procès en conséquence des crimes dont le diable vous accuse ? Le diable (dites-vous) est Père de mensonge, pourquoi donc l'autre jour fîtes-vous brûler ce magicien, qui ne fut accusé que par le diable ? Car je réponds comme vous, le diable est père de mensonge. Avouez, avouez mon Révérendissime que le diable dit vrai, ou faux, selon qu'il est utile à votre malicieuse paternité. Mais, bons dieux, je vois tressaillir ce diable quand on lui jette de l'eau bénite : est-ce donc une chose si sainte qu'il ne la puisse souffrir sans horreur ? Certes, cela fait que je m'étonne qu'il ait osé s'enfermer dans un corps humain, que Dieu a fait à son image, capable de la vision du Très-Haut, reconnu son enfant, par la régénération baptismale, marqué des saintes huiles, le Temple du Saint-Esprit et le Tabernacle de la sainte hostie. Comment a-t-il eu l'impudence d'entrer en un lieu qui lui doit être bien plus vénérable que de l'eau, sur laquelle on a simplement récité quelques prières ? Mais nous en aurons bonne issue, je vois le démoniaque qui se tempête fort à la vue d'une croix qu'on lui présente ! Ô Monsieur l'exorciste, que vous êtes bon ! Ne savez-vous pas qu'il n'y a aucun endroit dans la Nature, où il n'y ait des croix, puisque par toute la matière, il y a longueur et largeur, et que la croix n'est autre chose qu'une longueur considérée avec une largeur ? Qu'ainsi ne soit, cette croix que vous tenez n'est pas une croix à cause qu'elle est d'ébène, cette autre n'est pas une croix à cause qu'elle est d'argent, mais l'une et l'autre sont des croix à cause que sur une longueur on a mis une largeur qui la traverse. Si donc cette énergumène a cent mille longueurs et cent mille largeurs, qui sont toutes autant de croix, pourquoi lui en présenter de nouvelles ? Cependant vous voyez cette femme qui pour en avoir approché les lèvres par force contrefait l'interdite. Ô quelle piperie ! Prenez, prenez une bonne poignée de verges, et me la fouettez en ami. Car je vous engage ma parole que si on condamnait d'être jeté à l'eau tous les énergumènes que cent coups d'étrivières par jour n'auraient pu guérir, il ne s'en noierait point. Ce n'est pas comme je vous ai déjà dit, que je doute de la puissance du Créateur sur ses créatures : mais à moins d'être convaincu par l'autorité de l'Église, à qui nous devons donner aveuglément les mains, je nommerai tous ces grands effets de magie la gazette des sots, ou le credo de ceux qui ont trop de foi. Je m'aperçois bien que ma lettre est un peu trop longue, c'est le sujet qui m'a poussé au-delà de mon dessein, mais vous pardonnerez cette importunité à une personne qui fait vœu d'être jusqu'à la mort, de vous et de vos contes d'esprit,

Monsieur,
Le serviteur très humble

Lettre XVI

Contre Soucidas

Hé ! par la mort, Monsieur le coquin, je trouve que vous êtes bien impudent de demeurer en vie après m'avoir offensé : vous qui ne tenez lieu de rien au monde, ou qui n'êtes au plus qu'un clou aux fesses de la Nature ; vous qui tomberez si bas, si je cesse de vous soutenir, qu'une puce en léchant la terre ne vous distinguera pas du pavé ; vous enfin, si sale et si puant, qu'on doute (en vous voyant) si votre mère n'a point accouché de vous par le derrière. Encore si vous m'eussiez envoyé demander le temps d'un *peccavi*[1] mais sans vous enquêter si je trouve bon que vous viviez encore demain, ou que vous mouriez dès aujourd'hui, vous avez l'impudence de boire et de manger, comme si vous n'étiez pas mort. Ha ! je vous proteste de renverser sur vous un si long anéantissement, qu'il ne sera pas vrai de dire que vous ayez jamais vécu. Vous espérez sans doute m'attendrir par la dédicace de quelque ennuyeux burlesque ? Point, point, je suis inexorable, je veux que vous mouriez tout présentement ; puis, selon que ma belle humeur me rendra miséricordieux, je vous ressusciterai pour lire ma lettre ; aussi bien, quand pour regagner mes bonnes grâces, vous me dédieriez une farce, je sais que tout ce qui est sot ne fait pas rire ; et qu'encore que, pour faire quelque chose de bien ridicule, vous n'ayez qu'à parler sérieusement, votre poésie est trop des

1. Dire un *peccavi* (« j'ai péché » littéralement) : confesser sa faute.

Halles ; et je pense que c'est la raison pourquoi votre *Jugement de Pâris* n'a point de débit. Donc, si vous m'en croyez, sauvez-vous au barreau des ruades de Pégase, vous y serez sans doute un juge incorruptible, puisque votre jugement ne se peut acheter. Au reste, ce n'est point de votre libraire seul que j'ai appris que vous rimassiez : je m'en doutais déjà bien, parce que c'eût été un grand miracle, si les vers ne s'étaient pas mis dans un homme si corrompu. Votre haleine seule suffit à faire croire que vous êtes d'intelligence avec la Mort, pour ne respirer que la peste ; et les muscadins [1] ne sauraient empêcher que vous ne soyez pas tout le monde en fort mauvaise odeur. Je ne m'irrite point contre cette putréfaction : c'est un crime de vos pères ladres. Votre chair même n'est autre chose que de la terre crevassée par le Soleil, et tellement fumée, que si tout ce qu'on y a semé avait pris racine, vous auriez maintenant sur les épaules un grand bois de haute futaie. Après cela, je ne m'étonne plus de ce que vous prouvez, qu'on ne vous a point encore connu ; il s'en faut en effet plus de quatre pieds de crotte, qu'on ne vous puisse voir : vous êtes enseveli sous le fumier avec tant de grâce, que s'il ne vous manquait un pot cassé pour vous gratter, vous seriez un Job compli[2]. Ma foi, vous donnez un beau démenti à ces philosophes qui se moquent de la Création. S'il s'en trouve encore, je souhaite qu'ils vous rencontrent, car je suis assuré qu'après votre vue, ils croiront aisément que l'homme peut avoir été fait de boue. Ils vous prêcheront, et se serviront de vous-même, pour vous retirer de ce malheureux athéisme où vous croupissez. Vous savez que je ne parle point par cœur, et que je ne suis pas le seul qui vous a entendu prier Dieu qu'Il vous fît la grâce de ne point croire en Lui. Comment, petit impie, Dieu n'oserait avoir laissé fermer une porte, quand vous fuyez le bâton, qu'il ne soit par vous anéanti, et vous ne commencez à le recroire que pour avoir contre qui jurer, quand vos dés escamotés répondent mal à votre avarice ! J'avoue que votre sort n'est pas de ceux qui puissent patiemment porter la perte, car vous êtes gueux comme un Diogène, et à peine le chaos

1. Muscadins : pastilles parfumées au musc, pour rafraîchir l'haleine.
2. Un Job (ac)compli : Job, personnage biblique frappé par le malheur, souvent représenté sur un tas de cendres ou de fumier.

entier suffirait-il à vous rassasier : c'est ce qui vous a obligé d'affronter tant de monde. Il n'y a plus moyen que vous trouviez pour marcher en cette ville une rue non créancière, à moins que le roi fasse bâtir un Paris en l'air. L'autre jour, au Conseil de guerre, on donna avis à Monsieur de Turenne de vous mettre dans un mortier, pour vous faire sauter comme une bombe dans Sainte-Menehould[1], pour contraindre en moins de trois jours, par la faim, les habitants de se rendre : je pense en vérité que ce stratagème-là réussirait, puisque votre nez, qui n'a pas l'usage de raison, ce pauvre nez, le reposoir et le paradis des chiquenaudes, semble ne s'être retroussé que pour s'éloigner de votre bouche affamée. Vos dents ? Mais bons dieux ! où m'embarrassai-je, elles sont plus à craindre que vos bras, leur chancre et leur longueur m'épouvante ; aussi bien quelqu'un me reprocherait que c'est trop berner un homme qui dit m'estimer beaucoup. Donc, ô plaisant petit singe, ô marionnette incarnée, cela serait-il possible ? Mais je vois que vous vous cabrez de ce glorieux sobriquet ! Hélas, demandez ce que vous êtes à tout le monde, et vous verrez si tout le monde ne dit pas que vous n'avez rien d'homme, que la ressemblance d'un magot[2]. Ce n'est pas pourtant, quoique je vous compare à ce petit homme à quatre pattes, que je pense que vous raisonniez aussi bien qu'un singe ! Non, non, messire Gambade ; car quand je vous contemple si décharné, je m'imagine que vos nerfs sont assez secs et assez préparés pour exciter, en vous remuant, ce bruit que vous appelez parole ; c'est infailliblement ce qui est cause que vous jasez et frétillez sans intervalle. Mais puisque parler y a, apprenez-moi, de grâce, si vous parlez à force de remuer, ou si vous remuez à force de parler ; ce qui fait soupçonner que tout le tintamarre que vous faites ne vient pas de votre langue, c'est qu'une langue seule ne saurait dire le quart de ce que vous dites, et que la plupart de vos discours sont tellement éloignés de la raison, qu'on voit bien que vous parlez par un endroit qui n'est pas fort près du cerveau. Enfin, mon petit gentil godenot[3],

1. Sainte-Menehould : ville de la Marne un temps alliée des Espagnols, et reprise par Turenne en 1653.
2. Magot : macaque sans queue.
3. Godenot : marionnette populaire, et par extension petit homme ridicule.

il est si vrai que vous êtes toute langue, que s'il n'y avait point d'impiété d'adapter les choses saintes aux profanes, je croirais que saint Jean prophétisait de vous, quand il écrivit que la parole s'était faite chair ; et en effet, s'il me fallait écrire autant que vous parlez, j'aurais besoin de devenir plume ; mais puisque cela ne se peut, vous me permettrez de vous dire adieu. Adieu donc, mon camarade, sans compliment : aussi bien seriez-vous trop mal obéi, si j'étais

Votre serviteur

Lettre XVII

Contre Scarron, poète burlesque

Monsieur,

Vous me demandez quel jugement je fais de ce renard, à qui semblent trop vertes les mûres où il ne peut atteindre ; je pense que comme on arrive à la connaissance d'une cause par ses effets, qu'ainsi pour connaître la force ou la faiblesse de l'esprit de ce personnage, il ne faut que jeter la vue sur ses productions. Mais je parle fort mal de dire ses productions, il n'a jamais su que détruire : témoin le dieu des poètes de Rome, qu'il fait encore aujourd'hui radoter. Je vous avouerai donc, au sujet sur lequel vous désirez avoir mon sentiment, que je n'ai jamais vu de ridicule plus sérieux, ni de sérieux plus ridicule que le sien. Le peuple l'approuve, après cela concluez. Ce n'est pas toutefois que je n'estime son jugement, d'avoir choisi pour écrire un style moqueur, puisqu'écrire comme il fait, c'est se moquer du monde. Ses partisans ont beau crier pour élever sa gloire, qu'il travaille d'une façon où il n'a personne pour guide, je leur confesse ; mais qu'ils mettent la main sur leur conscience ! En vérité, n'est-il pas plus aisé de faire l'*Énéide* de Virgile comme Scarron, que de faire l'*Énéide* de Scarron comme Virgile ? Pour moi, je m'imagine, quand il se mêle de profaner le saint art d'Apollon, entendre une grenouille fâchée croasser au pied du Parnasse. Vous me reprocherez, peut-être, que je traite un peu mal cet auteur de le réduire à l'insecte ; mais ne l'ayant jamais vu, puisque vous m'obligez à faire son tableau, je ne saurais pour le peindre, agir d'autre façon, que de suivre l'idée que j'en ai reçue de tous ses amis. Il n'y en a pas un qui ne tombe d'accord, que sans mourir, il a cessé d'être homme, et n'est plus que façon. Mais en effet, à quoi le reconnaîtrions-nous ? Il marche à rebours du sens commun, et il en est venu à ce point de bestialité, que de bannir les pointes et les pensées de la composition des ouvrages. Quand par malheur en lisant, il tombe sur quelqu'une, on dirait à voir l'horreur dont il est surpris, qu'il est tombé des yeux sur un basilic[1], ou qu'il a marché sur un aspic. Si la terre n'avait jamais connu d'autres pointes que celles des chardons, la Nature l'a formé de sorte qu'il ne les aurait pas trouvées mauvaises ; car entre vous et moi, lorsqu'il fait semblant de sentir qu'une pointe le pique, je ne puis m'empêcher de croire que c'est afin de nous persuader qu'il n'est pas ladre ; mais ladre ou non, je le lairrais en patience[2], s'il n'érigeait point des trophées à la stupidité, en l'appuyant de son exemple. Comment ! ce bon Seigneur veut qu'on n'écrive que ce qu'on a lu, comme si nous ne parlions aujourd'hui français, qu'à cause que jadis on a parlé latin, et comme si l'on n'était raisonnable que quand on est moulé ? Nous sommes donc beaucoup obligés à la Nature, de ne l'avoir pas fait naître le premier homme, car indubitablement il n'aurait jamais parlé, s'il avait entendu braire auparavant. Il est vrai que pour faire entendre ses pensées, il emploie une espèce d'idiome, qui force tout le monde à s'étonner comment les vingt-quatre lettres de l'alphabet se peuvent assembler en tant de façons sans rien dire ! Après cela, vous me demanderez le jugement que je fais de cet homme, qui sans rien dire parle sans cesse ? Hélas ! Monsieur, aucun, sinon qu'il faut que son mal soit bien enraciné, de n'en être pas encore guéri depuis plus de quinze ans qu'il a le flux de bouche ! Mais à propos de son infirmité, on croit, comme un miracle de ce saint homme, qu'il n'a de l'esprit que depuis qu'il en est malade ; que, sans qu'elle a troublé l'économie de son tempérament, il était taillé pour être un grand sot, et que rien n'est capable d'effacer l'encre, dont il a barbouillé

1. Basilic : animal chimérique au regard meurtrier, mi-coq, mi-serpent, que l'on tue en lui présentant un miroir.
2. Lairrais en patience : laisserais, abandonnerais.

son nom sur le front de la mémoire, puisque le mercure et l'archet n'en ont pu venir à bout. Les railleurs ajoutent à cela qu'il ne vit qu'à force de mourir, parce que cette drogue de Naples qui lui a coûté bonne, et qui l'a fait monter au nombre des auteurs, il la revend tous les jours aux libraires ; mais quoi qu'ils disent, il ne mourra jamais de faim, car pourvu que rien ne manque à sa chaire, je suis fort assuré qu'il roulera jusqu'à la mort. S'il avait mis ses poèmes autant à couvert de la fureur de l'oubli, ils ne seraient pas en danger, comme ils sont, d'être bientôt inhumés en papier bleu. Aussi n'y a-t-il guère d'apparence que ce pot-pourri de peaux d'ânes et de contes de ma mère l'Oie, fassent vivre Scarron autant de siècles que l'histoire d'Énée a fait durer Virgile : il me semble, au contraire, qu'il ferait mieux d'obtenir un arrêt de la Cour, qui portât commandement aux harengères de parler toujours un même jargon, de peur qu'introduisant de nouveaux rébus à la place des vieux, on ne doute avant quatre mois en quelle langue il aura écrit. Mais hélas ! en ce terrestre séjour, qui peut répondre de son éternité dans la mémoire des hommes, quand elle dépend de la vicissitude de leurs proverbes ? Je vous assure que cette pensée m'a fait juger plusieurs fois que les chevaux qui traînent le char de sa renommée auraient besoin qu'il se servît de pointes pour la faire avancer ; autrement elle porte la mine, si elle marche aussi lentement que lui, de ne pas faire un long voyage ! Comment ! les Grecs ont demeuré moins de temps au siège de Troie, qu'il ne s'en est passé depuis qu'il est sur le sien ? À le voir sans bras et sans jambes, on le prendrait (si sa langue était immobile) pour un terme planté au parvis du temple de la Mort ! Il fait bien de parler, on ne pourrait pas croire sans cela qu'il fût en vie ; et je me trompe fort, si tout le monde ne disait de lui, après l'avoir ouï tant crier sous l'archet, que c'est un bon violon. Ne vous imaginez pas, Monsieur, que je le bourre [1] ainsi pour m'escrimer de l'équivoque, violon ou autre : à curieusement considérer le squelette de cette momie, je vous puis assurer que si jamais il prenait envie à la Parque de danser une sarabande, elle prendrait à chaque main un couple de Scarrons au lieu de castagnettes, ou tout au moins elle se passerait

1. Bourrer : frapper, maltraiter.

leurs langues entre ses doigts, pour s'en servir comme on se sert des cliquettes de ladre. Ma foi, puisque nous en sommes arrivés jusque-là, il vaut autant achever son portrait. Je me figure donc (car il faut bien se figurer les animaux que l'on ne montre pas pour de l'argent) que si ses pensées se forment au moule de sa tête, il doit avoir la tête fort plate ; que ses yeux sont des plus grands, si la Nature les lui a fendus de la longueur dont le coup de hache lui a fêlé le cerveau. On ajoute à sa description, qu'il y a plus de dix ans que la Parque lui a tordu le col, sans le pouvoir étrangler ; et ces jours passés un de mes amis m'assura, qu'après avoir contemplé ses bras tordus et pétrifiés sur les hanches, il avait pris son corps pour un gibet, où le diable avait pendu une âme ; et se persuada même qu'il pouvait être arrivé que le Ciel, animant ce cadavre infect et pourri, avait voulu pour le punir des crimes qu'il n'avait pas commis encore, jeter par avance son âme à la voirie. Au reste, Monsieur, vous l'exhorterez de ma part, s'il vous plaît, de ne se point emporter pour toutes ces galanteries, par lesquelles je tâche de dérober sa pensée aux cruelles douleurs qui le tourmentent, ce n'est point à dessein d'augmenter son affliction. Mais quoi ! il n'est pas facile de contraindre en son cœur toutes les vérités qui se pressent ; et puis pour avoir peint le tableau de son visage mal bâti, n'est-il pas manifeste à chacun que depuis le temps que les médecins sont occupés à curer sa carcasse, ce doit être un homme bien vide ? Outre cela, que sait-on si Dieu ne le punit point de la haine qu'il porte à ceux qui savent bien penser, quand nous voyons sa maladie devenue incurable, pour avoir différé trop longtemps de se mettre entre les mains d'une personne qui sût bien penser ? Je me persuade que c'est aussi en conséquence de cela, que ce Cerbère enragé vomit son venin sur tout le monde ; car j'ai appris que quelqu'un lui dépliant un sonnet qu'il disait (n'en étant pas bien informé) être de moi, il tourna sur lui des yeux qui l'obligèrent de le replier sans le lire : mais son caprice ne m'étonne guère, car comment eût-il pu voir cet ouvrage de bon œil, lui qui ne saurait même regarder le Ciel que de travers ; lui qui persécuté de trois fléaux, ne reste sur la terre que pour être aux hommes un spectacle continuel de la vengeance de Dieu ; lui dont la calomnie et la rage ont osé répandre leur écume sur la pourpre d'un Prince de l'Église, et tâché d'en faire rejaillir la honte sur la face d'un héros, qui conduit heureusement sous les auspices de Louis le premier État de la Chrétienté ? Enfin, tout ce qui est noble, auguste, grand, et sacré, irrite à tel point ce monstre, que semblable au codinde, aussi bien en sa difformité qu'en son courroux, il ne peut supporter la vue d'un chapeau d'écarlate sans entrer en fureur, quoique sous ce chapeau la France glorieuse repose à couvert de ses ennemis. Vous jugez donc bien à présent que son mépris m'importe comme rien, et que ç'aurait été un petit miracle si mon sonnet, qui passe pour assez doux, n'avait pas semblé fade à un homme poivré[1]. Mais je m'aperçois que je vous traite un peu trop familièrement, de vous entretenir d'un sujet si bas. Au reste, je vous conseille de vous passer de l'aimable comédie que vous vous donneriez en lui montrant ma lettre, ou bien faites-vous instruire de la langue qu'entendait Ésope pour lui expliquer le français. Voilà une partie de ce que j'avais à mander : l'autre consiste à signer le *je suis*, en le faisant tomber mal à propos, parce qu'il est tellement ennemi des pensées, que si quelque jour cette lettre tombait entre ses mains, il prêcherait partout que je l'aurais mal conclue, si après qu'il aurait trouvé *que* je n'aurais pas mis à la fin sans y penser :

Je suis,

Monsieur,
Votre serviteur

1. Poivré : atteint d'une maladie vénérienne (comme Cyrano lui-même, apparemment). Scarron était atteint d'une maladie paralysante.

Lettre XVIII

Apothéose d'un ecclésiastique bouffon

Messire Jean,

Je m'étonne fort que sur la Chaire de vérité vous dressiez un théâtre de charlatan ; qu'au lieu de prêcher l'Évangile à vos paroissiens, vous repaissiez leurs oreilles de cent contes pour rire ; que vous ayez l'insolence de réciter des choses que Trivelin[1] rougirait sous son masque de prononcer ; que profanant la dignité de votre caractère, vous décriviez les plus sales plaisirs de la débauche, sous ombre de les reprendre avec des circonstances si particulières, que vous nous faites souvenir (quelle abomination) des sacrifices qu'autrefois on faisait à Priape, de qui le prêtre était le maquereau. Certes, Messire Jean, vous devriez exercer votre charge avec moins de scandale, quand vous ne lui auriez aucune autre obligation que celle de vous avoir appelé du fumier, où l'on vous a vu naître, à l'état ecclésiastique ; car si vous n'avez pas assez de force pour résister à votre bouffon d'ascendant, du moins dissimulez. Et quand votre devoir vous obligera d'annoncer l'Évangile pour nous en faire accroire, faites semblant de la croire ! Permettez que nous puissions nous tromper, et nous crever les yeux de la raison, pour ne pas voir que vous sentez le fagot ; et puisqu'en dépit du loup-garou, vous êtes résolu de débiter nos mystères comme une

1. Trivelin : personnage de la *commedia dell'arte*, sorte d'Arlequin en plus méchant.

farce, ne faites donc pas sonner les cloches pour appeler le peuple à votre sermon : descendez de la Chaire de vérité et montez sur une borne au coin du carrefour, servez-vous d'un tambourin de Biscaye[1], mettez gambader sur vos épaules une guenon ; puis pour achever la mômerie en toutes ses mesures, passez la main dans votre chemise, vous y trouverez Godenot dans sa gibecière. Alors on ne se scandalisera point que vous divertissiez le badaud, vous pourrez comme un bateleur, raconter les vertus de votre mithridate[2], débiter des chapelets de baume, des savonnettes pour la gale, et des pommades odoriférantes. Vous pourrez même faire provision d'onguent pour la brûlure ; car les sorciers du pays m'ont juré avoir lu dans la cédule[3] que vous avez donnée (vous savez bien à qui), que le terme en expire à Noël. Vous avez beau même ne pas croire aux possédés, on voit assez par les contorsions dont vous agitez les pendants de votre gaine corporelle, que vous avez le diable au corps ; mais vous avez beau tâcher à vous guérir du mal d'enfer par une forte imagination, et courir les lieux de débauche : il ne nous importe, pourvu que vous n'accrochiez que des vieilles ou des stériles, parce que la venue de l'Antéchrist nous fait peur, et vous savez la prophétie ! Mais vous riez, Messire Jean, vous qui croyez à l'Apocalypse comme à la mythologie, et qui dites que l'enfer est un petit conte pour épouvanter les hommes, de même que pour effrayer les enfants, on les menace de les faire manger à la lune. Avouez, avouez, que vous êtes l'incomparable ! car expliquez-moi, je vous conjure, comment vous pouvez être impie et bigot tout ensemble, et composer avec les filets du tissu de votre vie, une toile mêlée de superstition et d'athéisme. Ha ! Messire Jean, mon ami, vous mourrez en dansant les sonnettes ; et en vérité, il n'est pas besoin de consulter un oracle pour en jurer ; car aussitôt qu'on regarde les pièces de rapport qui composent l'assemblage et la symétrie de vos membres, on en demeure assez instruit : vos cheveux plus droits que votre conscience, votre front coupé de sillons (c'est-à-dire

1. Biscaye : région du Pays basque, où se fabriquaient des tambourins.
2. Mithridate : antidote, ou prétendu tel. « Vendeur de mithridate » signifie charlatan.
3. Cédule : écrit par lequel on reconnaît une dette.

taillé sur le modèle des campagnes de Beauce), où le soleil marque votre plage à l'ombre de vos rides, aussi juste qu'il marque l'heure sur un cadran ; vos yeux à l'abri de vos sourcils touffus, qui ressemblent à deux précipices au bord d'un bois, sont tellement enfoncés, qu'à vivre encore un mois, vous nous regarderez par le derrière de la tête ; on se persuade (habillés de rouge comme ils sont) voir deux comètes sanglantes, et j'y trouve du vraisemblable, puisque plus haut dans vos sourcils on découvre des étoiles fixes, que quelques-uns n'appellent pas ainsi. Votre visage est à l'ombre d'un nez dont l'infection est cause que vous êtes partout en fort mauvaise odeur, et mon cordonnier m'assura un jour qu'il avait pris vos joues pour une peau de maroquin noir ; même je me suis laissé dire que les plus déliés poils de vos moustaches fournissent charitablement de barbe au goupillon du bénitier de votre église. Voilà je pense, à peu près, l'image en hiéroglyphe qui constitue votre horoscope. Je passerais plus loin, mais comme j'attends visite, je craindrais de perdre l'occasion de vous mander à la fin de ma lettre, ce que l'on n'y mande pas ordinairement : c'est que je ne suis, et ne serai jamais,

Messire Jean,
V.S.

Lettre XIX

Contre les médecins

Monsieur,

Puisque je suis condamné, mais ce n'est que du médecin, dont j'appellerai plus aisément que d'un arrêt prévôtal[1], vous voulez bien que de même les criminels qui prêchent le peuple quand ils sont sur l'échelle, moi qui suis entre les mains du bourreau, je fasse aussi des remontrances à la jeunesse. La fièvre et le drogueur me tiennent le poignard sur la gorge avec tant de rigueur, que j'espère d'eux qu'ils ne souffriront pas que mon discours vous puisse ennuyer. Il ne laisse pas, Monsieur le gradué, de me dire que ce ne sera rien, et proteste cependant à tout le monde, que sans miracle je n'en puis relever. Leurs présages toutefois, encore que funestes, ne m'alarment guère ; car je connais assez que la souplesse de leur art les oblige de condamner tous les malades à la mort, afin que si quelqu'un en échappe, on attribue la guérison aux puissants remèdes qu'ils ont ; et s'il meurt, chacun s'écrie que c'est un habile homme, et qu'il l'avait bien dit. Mais admirez l'effronterie de mon bourreau : plus je sens empirer le mal qu'il me cause par ses remèdes, et plus je me plains d'un nouvel accident, plus il témoigne s'en réjouir, et ne me panse d'autre chose que d'un *tant mieux* ! Quand je lui raconte que je suis tombé dans une syncope léthargique, qui m'a

1. Prévôtal : judiciaire (le prévôt est un magistrat préposé à la surveillance).

duré près d'une heure, il répond que c'est bon signe ! Quand il me voit entre les ongles d'un flux de sang qui me déchire : Bon, dit-il, cela vaudra une saignée ! Quand je m'attriste de sentir comme un glaçon qui me gagne toutes les extrémités, il rit en m'assurant qu'il le savait bien, que ses remèdes éteindraient ce grand feu. Quelquefois même que, semblable à la mort, je ne puis parler, je l'entends s'écrier aux miens, qui pleurent de me voir à l'extrémité : Pauvres nigauds que vous êtes, ne voyez-vous pas que c'est la fièvre qui tire aux abois ? Voilà comme ce traître me traite ; et cependant, à force de me bien porter, je me meurs. Je n'ignore pas que j'ai grand tort d'avoir réclamé mes ennemis à mon secours : mais quoi ! pouvais-je deviner que ceux, dont la science fait profession de guérir, l'emploieraient tout entière à me tuer ? Car hélas ! c'est ici la première fois que je suis tombé dans la fosse, et vous le devez croire puisque si j'y avais passé quelque autre fois, je ne serais plus en état de m'en plaindre. Pour moi, je conseille aux faibles lutteurs, afin de se venger de ceux qui les ont renversés, de se faire médecins ; car je les assure qu'ils mettront en terre ceux qui les y avaient mis. En vérité, je pense que de songer seulement, quand on dort, qu'on rencontre un médecin, est capable de donner la fièvre. À voir leurs animaux étiques affublés d'un long drap mortuaire, soutenir immobilement leur immobile maître, ne semble-t-il pas d'une bière où la Parque s'est mise à califourchon ? Et ne peut-on pas prendre leur houssine[1] pour le guidon de la Mort, puisqu'elle sert à conduire son lieutenant ? C'est pour cela, sans doute, que la police leur a commandé de monter sur des mules, et non pas sur des cavales[2], de peur que la race des gradués venant à croître, il n'y eût à la fin plus de bourreaux que de patients. Ô ! quel contentement j'aurais d'anatomiser leurs mules, ces pauvres mules qui n'ont jamais senti d'aiguillons, ni dedans, ni dessus la chair, parce que les éperons et les bottes sont des superfluités que l'esprit délicat de la Faculté ne saurait digérer ! Ces Messieurs se gouvernent avec tant de scrupule, qu'ils font même observer à ces pauvres bêtes (parce qu'elles sont leurs

1. Houssine : baguette flexible.
2. Cavales : chevaux.

domestiques) des jeûnes plus rigoureux que ceux des Ninivites[1], et quantité de très longs dont le rituel ne s'était point souvenu. Ils leur attachent par les diètes la peau tout à cru dessus les os, et ne nous traitent pas mieux, nous qui les payons bien ; car ces docteurs morfondus, ces médecins de neige, ne nous font manger que de la gelée. Enfin tous leurs discours sont si froids, que je ne trouve qu'une différence entre eux et les peuples du Nord ; c'est que les Norvégiens ont toujours les mules aux talons, et qu'eux ont toujours les talons aux mules ; ils sont tellement ennemis de la chaleur, qu'ils n'ont pas sitôt connu dans un malade quelque chose de tiède, que comme si ce corps était un Mont-Gibel[2], les voilà tous occupés à saigner, à clystériser, à noyer ce pauvre estomac dans le séné, la casse[3], la tisane, et débiliter la vie pour débiliter, disent-ils, ce feu qui prend nourriture tant qu'il rencontre de la matière ; de sorte que si la main tout expresse de Dieu les fait rajamber[4] vers le monde, ils l'attribuent aussitôt à la vertu des réfrigératifs, dont ils ont assoupi cet incendie. Ils nous dérobent la chaleur et l'énergie de l'être qui est au sang ; ainsi, pour avoir été trop saignés, nos âmes en s'envolant servent de volant aux palettes de leurs chirurgiens. Eh bien ! Monsieur, que vous en semble, après cela n'avons-nous pas grand fort de nous plaindre de ce qu'ils demandent dix pistoles pour une maladie de huit jours ? N'est-ce pas une cure à bon marché, où il n'y a point de charge d'âme ? Mais confrontez un peu, je vous prie, la ressemblance qu'il y a entre le procédé des drogueurs et le procès d'un criminel. Le médecin ayant considéré les urines, interroge le patient sur la selle et le condamne, le chirurgien le bande, et l'apothicaire décharge son coup par-derrière. Les affligés même, qui pensent avoir besoin de leur chicane, n'en font pas grande estime. À peine sont-ils entrés dans la chambre, qu'on tire la langue au médecin, on tourne le cul à l'apothicaire, et l'on tend le poing au barbier ; il est vrai qu'ils s'en vengent de bonne sorte, il en coûte toujours au railleur le cimetière. J'ai remarqué que tout ce qu'il y a de

1. Ninivites : habitants de Ninive, en Assyrie.
2. Mont-Gibel : volcan, nom qui désigne souvent l'Etna.
3. Casse : drogue laxative.
4. Rajamber : revenir à grandes enjambées.

funeste aux Enfers, est compris au nombre de trois : on y voit trois fleuves, trois chiens, trois juges, trois Parques, trois Gérions, trois Hécates, trois Gorgones, trois Furies. Les fléaux dont Dieu se sert à punir les hommes, sont divisés aussi par trois : la peste, la guerre et la faim ; le monde, la chair et le Diable ; la foudre, le tonnerre et l'éclair ; la saignée, la médecine et le lavement. Enfin, trois sortes de gens sont envoyés au monde tout exprès pour martyriser l'homme pendant la vie. L'avocat tourmente la bourse, le médecin le corps, et le théologien l'âme. Encore ils s'en vantent, nos écuyers à mules : car comme un jour le mien entrait dans ma chambre sans autre explication, je ne lui fis que dire : Combien ? l'impudent meurtrier, qui comprit aussitôt que je lui demandais le nombre de ses homicides, empoignant sa grosse barbe, me répondit : Autant ! Je n'en fais point, continua-t-il, la petite bouche, et pour vous montrer que nous apprenons, aussi bien que les escrimeurs, l'art de tuer, c'est que nous nous exerçons, de même eux, toute notre vie, sur la tierce et sur la quarte. La réflexion que je fis sur l'innocence effrontée de ce personnage, fut que si les autres disent moins, ils en font bien autant ; que celui-là se contentait de tuer, et que ses camarades joignaient au meurtre la trahison ; que qui voudrait écrire les voyages d'un médecin, on ne pourrait pas les compter par les épitaphes seules de sa paroisse ; et qu'enfin la fièvre nous attaque, le médecin nous tue et le prêtre en chante. Mais ce serait peu à Madame la Faculté d'envoyer nos corps au sépulcre, si elle n'attentait sur notre âme. Le chirurgien enragerait plutôt qu'avec sa charpie, tous les blessés qui font naufrage entre ses mains ne fussent trouvés morts couchés avec leurs tantes [1]. Concluons donc, Monsieur, que tantôt ils envoient et la Mort et sa faux ensevelie dans un grain de mandragore, tantôt liquéfiée dans le canon d'une seringue, tantôt sur la pointe d'une lancette ; que tantôt avec un juillet, ils nous font mourir en octobre ; et qu'enfin ils sont accoutumés d'envelopper leurs venins dans de si beaux termes, que dernièrement je pensais que le mien m'eût obtenu du roi une abbaye commendataire, quand il m'assura qu'il m'allait donner un bénéfice de

1. Avec leurs tantes : jeu de mots sur tente/tante. On faisait des tentes de charpie pour panser les plaies.

ventre. Ô ! qu'alors j'eusse été réjoui, si j'eusse pu trouver à le battre par équivoque, comme fit une villageoise, à qui l'un de ces bateleurs demandant si elle avait du pouls, elle lui répondit avec force soufflets, et force égratignures, qu'il était un sot, et qu'en toute sa vie elle n'avait jamais eu ni poux ni puces. Mais leurs crimes sont trop grands pour ne les punir qu'avec des équivoques : citons-les en justice de la part des trépassés. Entre tous les humains, ils ne trouveront pas un avocat, il n'y aura juge qu'il n'en convainque quelqu'un d'avoir tué son père ; et parmi toutes les pratiques qu'ils ont couchées au cimetière, il n'y aura pas une tête qui ne leur grince les dents. Que les pussent-elles dévorer ! Il ne faudrait pas craindre que les larmes qu'on jetterait de leur perte fissent grossir les rivières : on ne pleure aux trépas de ces gens-là que de ce qu'ils ont trop vécu. Ils sont tellement aimés, qu'on trouve bon tout ce qui vient d'eux, même jusqu'à leur mort, comme s'ils étaient d'autres messies : ils meurent aussi bien que Dieu pour le salut des hommes. Mais bons dieux ! n'est-ce pas encore là mon mauvais ange qui s'approche ? Ha ! c'est lui-même, je le connais à sa soutane. *Vade retro Satanas* ! *Champagne*, apportez-moi le bénitier ! Démon gradué, je te renonce ! Oh l'effronté Satan ! ne me viens-tu pas encore ordonner quelque apostume[1] ? Miséricorde ! c'est un diable huguenot, il ne se soucie point de l'eau bénite ; encore si j'avais des poings assez raides pour former un casse-museau ! Mais hélas, ce qu'il m'a fait avaler s'est si bien tourné en ma substance, qu'à force d'user de consommés, je suis tout consommé moi-même : venez donc vivement à mon secours, ou vous allez perdre,

Monsieur,
Votre plus fidèle serviteur,

1. Apostume : abcès.

Lettre XX

Contre un jésuite assassin et médisant

Père criminel,

Assurément vous me preniez pour un roi, quand vous prêchiez vos disciples de m'assassiner, mais ce n'est pas de toute farine que se font les Châtel, et les Ravaillac[1] ; on a purgé vos collèges de ce mauvais sang, et le souvenir de la pyramide empêche que le massacre ne passe de votre bouche dans les mains de ceux qui vous écoutent. Vous ne laissez pas cependant du faîte de votre tribune (pédagogue et bourreau de huit cents écoliers) de leur prêcher ma mort comme une croisade ; mais des enfants sont trop tendres pour être exhortés au poignard : vous cajoleriez plus aisément la conscience d'un brutal déjà fait au meurtre ; comme celui qui ne manqua mon sort que d'une journée. Il était homme d'exécution, celui-là ; vous lui aviez très bien prouvé qu'un assassinat était la seule voie de se réconcilier avec Dieu : il vous avait très bien cru, et si une pistole dont vous fûtes chiche, au lieu des indulgences et des médailles dont vous le chargeâtes, eût secondé son courage, l'embuscade prolongée de vingt-quatre heures, rougissait le pavé de mon sang. Et puis vous êtes de la Compagnie de Jésus ! Ô Dieu ! Jésus avait-il en sa compagnie des personnes qui conseillassent l'homicide ? Non, vous n'en êtes point, ou bien

1. Les Châtel, les Ravaillac : Jean Châtel, assassin manqué du roi Henri IV en 1594. Ravaillac réussit en 1610.

vous êtes de celle qu'il eut en croix, avec deux meurtriers; si vous jugez ma mort une œuvre méritoire, que n'y employez-vous votre main ? Si elle ne l'est pas, pourquoi la conseillez-vous ? Dieu souffrit autrefois que les Juifs l'appelassent fourbe, séducteur, magicien, et qu'ils ruinassent l'opinion de sa divinité, par un infâme supplice ; et Maître Nicolas B…, plus passionné que Jésus-Christ pour le salut des hommes, plus entendu à l'établissement du christianisme que Dieu, veut me perdre, dût-il lui en coûter son âme ? Je dis son âme, car pour sa vie, il ne la voudrait pas jouer contre la monarchie du monde. Il conseille et concerte ma ruine, mais ce sont des morceaux qu'il taille pour d'autres; le poltron qu'il est serait bien aise de contempler sûrement de la rive un naufragé en haute mer. Cependant je suis dévoué au pistolet par un moine : un moine qui devrait (si l'idée d'un pistolet avait pris place en son imagination) se faire exorciser. Barbare maître d'école ! quel sujet, avez-vous de me tant vouloir de mal ? Vous feuilletez possible tous les crimes dont vous êtes capable, et sur cela vous concluez que je suis athée ? Mais Père écervelé ! me croyez-vous si stupide de me figurer que le monde soit né comme un champignon ; que les astres aient pris feu et se soient arrangés par hasard ; qu'une matière morte, de telle, ou telle façon disposée, ait pu faire raisonner un homme, sentir une bête, végéter un arbre ? Pensez-vous que je ne reconnaisse pas la Providence de Dieu, quand je vous regarde sous un chapeau, dont le sacré circuit vous met à couvert de la foudre ; quand je vous regarde dans une Compagnie, dont la sainte réputation purge la vôtre ; enfin, quand je vous regarde si faible et si méchant ? Non, non, le véritable sujet de la haine que vous me portez, c'est l'envie, et la ridicule imagination que vous avez eue de vous rendre recommandable en me choquant : comme ce fut la même quinte, qui conduisit à l'hôpital l'esprit et le corps du Père Garasse[1]. Pardonnez-moi donc, je vous supplie, car je ne savais pas que de venir au monde avec de l'esprit était vous offenser ; ni comme vous savez, je n'étais point au ventre de la jument qui vous conçut, pour disposer à l'humanité les organes et la complexion qui

1. Le Père Garasse : jésuite ennemi des libertins, qui mourut alors qu'il donnait des soins aux pestiférés.

concouraient à vous faire cheval. J'ai tort, à la vérité, de donner à votre naissance une cause si basse ; je crois que votre origine est à tous très remarquable, vous autres dont les gestes ont pour monuments les monuments de nos rois : ce n'est pas que j'impute au dérèglement de tout un corps la corruption d'un membre, car on sait bien que si de ce corps vous composez quelque chose, vous en êtes les parties honteuses, que votre âme est noire à cause qu'elle porte le deuil du trépas de votre conscience, et que votre habit garde la même couleur pour servir de petite-oie à votre âme. Ô dieux ! faut-il qu'un chétif hypocondre comme vous soit la condamnation de toute la Société, que vous fassiez éclipser mille Soleils en votre compagnie par la seule interposition de votre épaisse révérence, et que saint Ignace, depuis un siècle qu'il est au Ciel, boite encore en vous tous les jours ? Cependant vous vous imaginez être habile et savant par-dessus tous ceux de votre Ordre. Hélas ! mon grand ami, si vous êtes le plus grand homme des Jésuites, vous ne devez cette grandeur qu'à celle de vos membres, et vous êtes le plus grand personnage de votre couvent comme saint Christophe est le plus grand saint de Notre-Dame. À la vérité, vous êtes plus grand qu'eux en fourbes, en lâchetés, en trahisons, et par vous Dieu s'est trouvé, depuis Judas, plus d'une fois entre les mains d'un traître, mais je ne crains point vos conspirations, tandis que nous aurons une régente sous qui les régents comme vous sont grimauds. Ce n'est pas que vous ne méritiez (quand la Fortune et la Justice seront bien ensemble) que de trois ou quatre mille ânes qui établent à votre collège, on vous déclare le principal. Oui, certes, vous le méritez, car je ne sache personne à qui le fouet appartienne justement comme à vous ; vous le savez manier de si bonne grâce, que vous achetez l'affection des Pères par le supplice de leurs enfants : vous pendez les cœurs à vos verges et vous vous introduisez dans leur esprit par la porte de derrière ; ce n'est pas que je n'en sache tel qui voudrait pour dix pistoles vous avoir écorché ; mais si vous me croyez, vous le prendrez au mot pour l'attraper, car dix pistoles sont plus que ne saurait valoir la peau d'une bête à corne. Je ne suis pas

Votre serviteur

Lettre XXI

Pour Mademoiselle ****

À Monsieur Le Coq

Monsieur Le Coq,

Votre coquette m'a priée de vous envoyer ce poulet de sa part, tant d'autres que vous avez reçus d'elle n'ont vécu qu'en papier, mais celui-ci élevé avec plus de soin, tête, rit et respire, car la poule a demeuré, contre l'ordinaire de ses semblables, neuf mois avant que de l'éclore. On le prendrait ce poussin, pour un petit homme sans barbe, et ceux qui ont dressé son horoscope ont prédit qu'il serait un jour grand seigneur à Rome, à cause que la première fois qu'il a rompu le silence, ça été par le mot de *Papa*. Je lui ai fort recommandé de vous reprocher votre ingratitude, et de vous conjurer de revenir au nid de votre aimable poule ; mais encore qu'il ne le fasse qu'en son langage, n'ayez pas le cœur plus dur que saint Pierre, à qui le même langage put suffire autrefois pour l'appeler à résipiscence. Cessez donc, ô volage Coq, de débaucher les femmes de vos voisins, revenez au poulailler de celle qui depuis si longtemps vous a donné son cœur, de celle dont si souvent les caresses ont prévenu vos désirs, et de celle enfin qui m'a protesté, tout ingrat que vous êtes, de vous accabler de ses plus chères faveurs, si vous lui faites seulement paraître l'ombre d'un repentir ; mais rien ne vous émeut. Et quoi ! Coq effronté, ne voyez-vous pas que votre barbe en rougit même de honte, quand au lieu de venir à ses pieds humblement traîner vos ailes contre terre, vous

vous dressez sur vos ergots, pour lui chanter des satires ? Vous voyez bien peut-être que ce n'est pas là parler en terme de poule, mais je comprends bien aussi que les airs que vous entonnez à sa louange ne sont pas des cocoricos. Vraiment, voilà de beaux témoignages de gratitude, pour reconnaître la libéralité d'une personne qui vous envoie sa première couvée ; sans doute que l'autre jour, quand vous le fûtes voir, vous ne le considérâtes qu'à demi : regardez-le maintenant de plus près, ce petit tableau de vous-même, il vous ressemble fort, aussi l'a-t-elle fait après vous, et je vous proteste que c'est le plus beau fruit de bon-chrétien qu'on ait cueilli chez elle de cet automne. Mais à propos, je me trompe, ce n'est pas un fruit, c'est un poulet : faites donc à ce poulet un aussi bon accueil, qu'elle l'a fait aux vôtres ; quand ce ne serait que par rareté, vous pourrez le montrer à tout Paris comme le premier Coq qui jamais soit né sans coquille. Autrement je désavouerai tout : et pour excuser la coquetterie de votre poule, je publierai que tout ce qu'elle en a fait, n'a été que pour faire,

Monsieur Le Coq,
Un petit coq-à-l'âne

BIBLIOGRAPHIE

Madeleine Alcover, *Cyrano relu et corrigé* (Lettres, Estats du soleil, Fragments de physique), Droz, Genève, 1990.

Cyrano de Bergerac, *Œuvres complètes*, édition de Jacques Prévot, Belin, 1977.

Cyrano de Bergerac, *Œuvres complètes* II (*Lettres – Entretiens pointus – Mazarinades*), édition critique établie et commentée par Luciano Erba, Champion, Paris, 2001.

Cyrano de Bergerac, *Lettres satiriques et amoureuses* précédées de *Lettres diverses*, présentation de Jean-Charles Darmon, Desjonquères, 1999.

Jacques Prévot, *Cyrano de Bergerac poète et dramaturge*, Belin, 1978.

TABLE

Librio

630

Composition Chesteroc Ltd
Achevé d'imprimer en Allemagne (Pössneck) par GGP Media
en mars 2004 pour le compte de E.J.L.
84, rue de Grenelle, 75007 Paris
Dépôt légal mars 2004

Diffusion France et étranger : Flammarion